理论热点
纵横谈

中共河南省委宣传部　编

河南人民出版社

U0133213

图书在版编目（CIP）数据

理论热点纵横谈/中共河南省委宣传部编. −郑州:河南
人民出版社,2008.12
ISBN 978 − 7 − 215 − 06710 − 3

Ⅰ. 理… Ⅱ. 中… Ⅲ. 社会主义建设 − 河南省 Ⅳ. D676.1

中国版本图书馆 CIP 数据核字（2008）第 205590 号

河南人民出版社出版发行

（地址:郑州市经五路66号 邮政编码:450002 电话:65723341）

新华书店经销 河南省瑞光印务股份有限公司印刷
开本 850 毫米 × 1168 毫米 1/32 印张 8.25
字数 160 千字 印数 1 − 10000 册
2008 年 12 月第 1 版 2008 年 12 月第 1 次印刷

定价:16.00 元

出 版 说 明

　　为深入学习宣传贯彻党的十七大精神和河南省八次党代会精神,大力宣传中国特色社会主义理论体系,积极推动当代中国马克思主义大众化,让科学理论更好地服务经济社会发展,更好地统一思想、凝聚力量,为加快中原崛起提供精神动力和思想保证,我们在深入调研的基础上,组织 30 多名理论界专家学者撰写了我省第三本通俗理论读物——《理论热点纵横谈》。本书充分运用党中央理论创新的最新成果,对我省广大干部群众普遍关心的热点、难点问题进行深入浅出的分析和回答,观点正确、说理充分、通俗易懂、可读性强,具有较强的针对性和说服力,是广大干部群众、青年学生理论学习和形势政策教育的重要辅助材料。

中共河南省委宣传部

2008 年 12 月

目　录

纵横谈

理论热点

要 点 提 示

——中国特色社会主义旗帜是被实践证明了的光辉旗帜，是当代中国发展进步的旗帜，是全党全国各族人民团结奋斗的旗帜，是具有鲜明民族特色和时代特征的旗帜。

——中国特色社会主义道路包含四个方面的内容：中国共产党的领导，党在社会主义初级阶段的基本路线，中国特色社会主义建设的总体布局，建设富强、民主、文明、和谐的社会主义现代化国家的发展目标。

——中国特色社会主义理论体系，就是包括邓小平理论、"三个代表"重要思想以及科学发展观等重大战略思想在内的科学理论体系。

开创中国特色社会主义事业新局面

——全面理解和把握中国特色社会主义

当改革开放将要度过第 29 个春秋,庄严的人民大会堂再次见证了历史性的重要一刻。2007 年 10 月 15 日,胡锦涛总书记在党的十七大报告中郑重地指出:"改革开放以来我们取得一切成绩和进步的根本原因,归结起来就是:开辟了中国特色社会主义道路,形成了中国特色社会主义理论体系。高举中国特色社会主义伟大旗帜,最根本的就是要坚持这条道路和这个理论体系。"

洪亮的声音与如潮的掌声交相辉映,传递着一个共同的心声:我们要夺取全面建设小康社会新胜利,努力开拓中国特色社会主义更加广阔的发展前景,就必须坚定不移地高举中国特色社会主义旗帜,毫不动摇地坚持中国特色社会主义道路,始终不渝地坚持和发展中国特色社会主义理论体系。

高举中国特色社会主义旗帜

对于马克思主义政党来说,旗帜问题至关重要。旗帜内涵着党的理论、纲领,明晰着党的发展道路、前进方向。旗帜引领方向,旗帜凝聚力量,旗帜关乎未来。

一个政党要实现自己的历史使命,必须要有自己的理论和纲领。在争取自身解放和发展的历史进程中,相对于其他政党来说,工人阶级政党更需要先进理论和纲领的指导。所以,马克思主义创始人高度重视旗帜问题。马克思说,制定一个原则性纲领,就是在全世界面前树立起可供人们用来衡量党的运动水平的里程碑。恩格斯说,党的纲领就是公开树立起来的旗帜。

中国共产党人历来强调旗帜问题的极端重要性。毛泽东曾经充满豪情地说:主义譬如一面旗子,旗子立起了,大家才有所指望,才知所趋赴。正是因为如此,中国共产党打从成立的那一天起,就郑重地把马克思列宁主义写在了自己的旗帜上。从此,中国革命的面貌为之一新。

我们党是一个既高度重视旗帜问题又富于创造活力的党,她强调马克思列宁主义对于中国革命的指导作用,但是从来不把马克思列宁主义当做僵硬的教条,而是把马克思列宁主义的基本原理同中国革命的具体实际结合起来,创造性地探索中国革命的正确道路。

正是因为有了这种科学态度,有了这种创造性的探索,灿烂的实践之花结出了丰硕的理论之果。经过延安整风和党的七大，我们党又郑重地把毛泽东思想写在了自己的旗帜上。

夺取中国革命胜利、赢得民族独立和人民解放，靠的是高举马克思列宁主义的伟大旗帜，不断推进马克思主义的中国化。在中国这样一个经济文化落后的东方大国建设社会主义、实现中华民族伟大复兴，同样要靠马克思主义的指导，并继续推进马克思主义中国化的伟大进程。

在改革开放新的历史时期，我们党开启了发展中国特色社会主义的新的伟大探索。在这一新的伟大探索中，我们党科学地回答了什么是社会主义、怎样建设社会主义，建设什么样的党、怎样建设党，实现什么样的发展、怎样发展等重大理论和实际问题，形成了邓小平理论、"三个代表"重要思想以及科学发展观等重大战略思想。经过改革开放30年来党的历次代表大会，我们党再次把中国特色社会主义理论体系写在了自己的旗帜上。

党的十七大是在我国改革发展关键阶段召开的一次十分重要的大会。这次大会主题贯穿的一个核心思想，就是高举中国特色社会主义伟大旗帜；它所肩负的一个重要历史任务，就是要在中国特色社会主义的伟大旗帜下，坚定不移地走中国特色社会主义道路，坚定不移地坚持中国特色社会主义理论体系，在新的历史起点上继续发展中国特色社会主义。在这次代表大会的报告中，胡锦涛总书记要求全党同志必须坚定不移地高举中国特色社会主义伟大旗帜，带领人民从新的历史起点出发，抓住和用好重要战略机遇期，求真务实，锐意进取，继续全面建设小康社会,加快推进社会主义现代化,完成时代赋予的崇高使命。

党的十七大和胡锦涛总书记为什么如此强调高举中国特色社会主义旗帜？这个问题可以从以下三个方面来理解。

中国特色社会主义旗帜是被实践证明了的光辉旗帜。

新中国成立以后,我们党领导人民开始了在社会主义道路上实现中华民族伟大复兴的历史征程。但是由于对什么是社会主义、怎样建设社会主义缺乏深刻认识,致使我国在探索社会主义建设道路上一度遇到了曲折和挫折。

十一届三中全会以来,在深刻总结正反两方面历史经验和科学分析我国基本国情的基础上,我们党提出走自己的路、建设中国特色社会主义。这既是新时期我们党的理论主题,也是党的实践主题。新时期以来党的历次全国代表大会报告的主题都是紧紧围绕和体现中国特色社会主义的。经过改革开放 30 年来的发展,我国取得了举世瞩目的发展成就。

实践证明,中国特色社会主义理论和中国特色社会主义道路,在马克思主义发展史上、在世界社会主义发展史上、在世界近代以来一切后兴大国崛起的历史上都是前所未有的,它是我们党领导人民把马克思主义基本原理同我国具体实际相结合创造性地提出的科学理论和选择的正确道路,是实现民族振兴、国家富强、人民幸福、社会和谐的根本保证。

中国特色社会主义旗帜是当代中国发展进步的旗帜,是全党全国各族人民团结奋斗的旗帜。

我们说中国特色社会主义旗帜是当代中国发展进步的旗帜,根本在于改革开放以来的实践已经证明并将继续证明:在这面伟大旗帜指引下,社会主义的振兴与中华民族的振兴能够紧紧地联结在一起,中华民族必将在中国特色社会主义的基础上再铸辉煌,社会主义必将在中华民族伟大复兴的进程中再铸辉煌。

我们说中国特色社会主义旗帜是全党全国各族人民团结奋斗的旗帜,根本在于改革开放以来的实践已经证明并将继续证明:中国特色社会主义代表了中国最广大人民的根本利益,符合党心民心,顺应时代潮流,具有强大的吸引力、凝聚力、感召力,是当代中华儿女同心同德、共创伟业的共同理想和政治基础。高举中国特色社会主义伟大旗帜,就能够在新的历史起点上最大限度地激发广大人民群众的发展热情和创造活力,万众一心,开拓奋进,为夺取全面建设小康社会新胜利、谱写人民美好生活新篇章而努力奋斗。

中国特色社会主义旗帜是具有鲜明民族特色和时代特征的旗帜。

中国共产党人深深地懂得:马克思主义只有与中国实际和时代特征相结合,才能成功,才能胜利;科学社会主义基本原则只有被赋予中国特色和时代特征,才能成功,才能胜利;离开中国实际和时代特征来谈马克思主义,没有前途,没有意义;离开中国实际和我们已经取得伟大成功的道路和理论体系,而去另外寻求和依傍别的什么主义和模式,没有前途,没有意义。

中国特色社会主义是科学社会主义的基本原则与中国国情和时代特征相结合的产物。它既不同于马克思主义经典作家在理论上构想的社会主义,也不同于苏联式的社会主义,更不同于所谓的民主社会主义。它深刻地揭示了中国社会主义建设的规律,第一次初步回答了在中国建设社会主义的一系列基本问题,既遵循马克思主义的一般原理,又具有中国特色,是马克思主义在当代中国具体条件下创造性的运用和发展,是中国化的马克思主义。

中国特色社会主义旗帜是中国特色社会主义道路和中国特色社会主义理论体系的有机统一。胡锦涛总书记在十七大报告中指出,中国特色社会主义道路之所以完全正确、之所以能够引领中国发展进步,关键在于我们既坚持了科学社会主义的基本原则,又根据我国实际和时代特征赋予其鲜明的中国特色。这就深刻揭示了中国特色社会主义的本质及其成功的奥秘,从而也就深刻地说明了高举中国特色社会主义这面旗帜的关键所在。

坚持中国特色社会主义道路

一个民族要实现振兴,自立于世界民族之林,其前提是要找到一条既适合本国国情、又符合时代发展要求的发展道路。在当代中国,这条道路就是中国特色社会主义道路。

在十七大报告中,胡锦涛总书记对中国特色社会主义道路作了精辟概括和完整表述:在中国共产党领导下,立足基本国情,以经济建设为中心,坚持四项基本原则,坚持改革开放,解放和发展社会生产力,巩固和完善社会主义制度,建设社会主义市场经济、社会主义民主政治、社会主义先进文化、社会主义和谐社会,建设富强民主文明和谐的社会主义国家。

在胡锦涛总书记所作的这个概括和表述中,包含着这样四个方面的内容:中国共产党的领导,党在社会主义初级阶段的基本路线,中国特色社会主义建设的总体布局,建设富强、民主、文明、和谐的社会主义现代化国家的发展目标。

这四个方面相互联系、相辅相成,是一个统一的有机整体。中国共产党的领导是根本政治前提,党的基本路线是总纲,总体布局是中国特色社会主义道路的具体展开;发展目标是宏伟蓝图和发展中国特色社会主义的前进方向。

社会主义在中国,是历史的选择、人民的选择。新中国成立以后,以毛泽东同志为核心的党的第一代中央领导集体开始探索适合中国国情的社会主义建设道路,积累了一些重要经验,也走过一些弯路。

邓小平是中国特色社会主义道路的伟大开拓者。

早在1979年3月,邓小平同志就提出了我们党要在中国的建设问题上完成开创自己道路的任务。他说:"过去搞民主革命,要适合中国情况,走毛泽东同志开辟的农村包围城市的道路。现在搞建设,也要适合中国情况,走出一条中国式的现代化道路。"1980年1月,他又提出在发展经济方面要"寻求一条合乎中国实际的,能够快一点、省一点的道路"。1982年9月,在党的十二大开幕词中,他郑重地提出,"把马克思主义的普遍真理同我国的具体实际结合起来,走自己的道路,建设有中国特色的社会主义"。

在总结新中国成立以来正反两方面经验的基础上，在研究和借鉴国际经验的基础上，以邓小平为代表的中国共产党人在改革开放的伟大实践中开始找到了中国自己的建设道路，这就是中国特色社会主义道路。

十一届三中全会以来的30年，正是在中国特色社会主义这条康庄大道上，我们党领导人民以一往无前的进取精神和波澜壮阔的创新实践，谱写了中华民族自强不息、顽强奋进新的壮丽史诗，中国人民的面貌、社会主义中国的面貌、中国共产党的面貌发生了历史性变化。

30年的伟大实践雄辩地证明，我们党带领人民在改革开放中走出的这条道路，是发展中国、富强中国、振兴中华的正确道路，是一条实现中国人民幸福安康的正确道路。

党的十七大报告指出："中国特色社会主义道路之所以完全正确、之所以能够引领中国发展进步，关键在于我们既坚持了科学社会主义的基本原则，又根据我国实际和时代特征赋予其鲜明的中国特色。"这是一个十分重要的科学论断，是从中国特色社会主义发展的历史中得出的正确结论。这就深刻揭示了中国特色社会主义的本质及其成功的奥秘。

我们党在新时期开创的这条道路，是科学社会主义基本原则同中国现代化建设实际和时代特征相结合的伟大产物，是扎根于中国大地、反映中国人民愿望、适应中国发展进步要求的科学社会主义。在当代中国，只有这条道路而没有别的什么道路能够解决中国发展进步的问题。坚持中国特色社会主义道路，就是真正坚持社会主义。

　　站在新的历史起点上,党的十七大要求全党和全国人民必须高举中国特色社会主义伟大旗帜,毫不动摇地坚持和发展中国特色社会主义,奋力开拓中国特色社会主义更为广阔的发展前景,使中国特色社会主义道路越走越宽广。

　　为此,我们必须牢记中国国情,切实从我国基本国情出发,坚定不移地坚持和贯彻党在社会主义初级阶段的基本路线,坚持把"一个中心、两个基本点"统一于发展中国特色社会主义的伟大实践;必须科学分析我国全面参与经济全球化的新机遇新挑战,深刻把握工业化、城镇化、市场化、国际化深入发展形势下我国各项事业发展面临的新课题新矛盾;必须始终不渝地坚持以邓小平理论和"三个代表"重要思想为指导,深入贯彻落实科学发展观,更加自觉地促进科学发展。

实践中国特色社会主义理论体系

　　伟大事业需要伟大理论的指导。在当代中国,能够指引我们事业前进的唯一正确理论,就是中国特色社会主义理论体系。

　　在党的十七大报告中,胡锦涛总书记全面阐明了中国特色社会主义理论体系的科学内涵,指出:"中国特色社会主义理论体系,就是包括邓小平理论、'三个代表'重要思想以及科学发展观等重大战略思想在内的科学理论体系。"

　　中国特色社会主义理论体系,是我们党在改革开放的历史进程中不断推进马克思主义中国化而形成的科学理论体系。邓小平理论是这一理论体系的奠基之作,"三个代表"重要思想是这一理论体系的重要组成部分,科学发展观等重大战略思想是这一理论体系的最新成果。

中国特色社会主义理论体系,是我们党在新的时代条件下不断探索和回答什么是社会主义、怎样建设社会主义,建设什么样的党、怎样建设党,实现什么样的发展、怎样发展等重大理论和实际问题而形成的科学理论体系。这一理论体系的形成,表明我们党对共产党执政规律、社会主义建设规律、人类社会发展规律的认识达到了新的高度。

中国特色社会主义理论体系坚持和发展了马克思列宁主义、毛泽东思想,凝结了几代中国共产党人带领人民不懈探索实践的智慧和心血,是马克思主义中国化最新成果。这个理论体系,是马克思主义基本原理与当代中国实际和时代特征相结合的产物。在当代中国,坚持中国特色社会主义理论体系,就是真正坚持马克思主义。

中国特色社会主义理论体系是我们党最可宝贵的政治和精神财富,是全国各族人民团结奋斗的共同思想基础。这个理论体系能够在我国得以形成,是党和人民之大幸,国家和民族之大幸。正是在这一理论体系的指引下,改革开放30年来,我们党团结和带领全国人民成功地应对各种严峻考验,取得改革开放和现代化建设的辉煌成就,使中国人民的面貌、社会主义中国的面貌、中国共产党的面貌发生历史性的巨大变化。

站在新的历史起点上,胡锦涛总书记要求我们要从党和国家事业发展全局的高度,紧密联系国内外形势发展变化,着眼于推进党和国家工作,增强坚持和发展中国特色社会主义理论体系的自觉性和坚定性。他强调指出,适应新形势、完成新任务、实现新发展,要求我们必须深化用中国特色社会主义理论体系武装全党工作,把深入学习实践科学发展观摆在突出位置。

科学发展观是对党的三代中央领导集体关于发展的重要思想的继承和发展,是马克思主义关于发展的世界观和方法论的集中体现,是同马克思列宁主义、毛泽东思想、邓小平理论和"三个代表"重要思想既一脉相承又与时俱进的科学理论,是我国经济社会发展的重要指导方针,是发展中国特色社会主义必须坚持和贯彻的重大战略思想。在全面建设小康社会、发展中国特色社会主义的伟大实践中,科学发展观越来越显示出强大的真理力量,越来越成为全社会的基本共识和自觉行动,越来越得到全党全国人民的衷心拥护。

当前正在全党开展的深入学习实践科学发展观活动,是党的十七大作出的战略决策,是用中国特色社会主义理论体系武装全党的重大举措,是在深刻变化的国际环境中推动我国发展的迫切需要,是落实实现全面建设小康社会奋斗目标新要求的迫切需要,是以改革创新精神全面推进党的建设新的伟大工程的迫切需要。要深刻认识开展这次学习实践活动的重大意义,牢牢把握学习实践活动的正确方向,坚持做到高举一面旗帜,就是高举中国特色社会主义这一伟大旗帜;突出一个主题,就是突出深入学习实践科学发展观这一主题;围绕一个总要求,就是围绕党员干部受教育、科学发展上水平、人民群众得实惠这个总要求;把握一个重点,就是把握住县以上领导班子和党员领导干部

我们要着眼长远，采取针对性措施，着力促进国民经济长期又好又快发展。就当前来讲，需要抓好三方面工作：一要积极扩大需求。坚持把扩大内需作为经济发展的基本立足点，在优化结构的基础上保持合理的投资规模，着力扩大消费需求特别是居民消费需求。投资需求方面，要把抓好重点项目建设作为当前拉动投资增长和优化投资结构的中心环节。消费需求方面，统筹解决影响即期消费的体制性问题，加快各种财政转移支付和支出，提高消费对经济增长的贡献率。二要保障要素供给。按照标本兼治、近期和长远相结合、供给调整与需求调控相结合的原则，进一步完善有关政策，加强经济运行调控调节，搞好资金、土地、煤电油运气等重要资源保障和供应，确保经济正常运行。三要推进战略协作。要通过对内联合、对外开放，互为市场、供需衔接，取长补短、共担风险，实现互利双赢、共同发展。

第二，必须把转变发展方式作为落实科学发展的关键举措。

近年来，河南把节约资源、保护环境、改善生态、加强自主创新作为促进经济发展方式转变的主战场，围绕建设资源节约型、环境友好型社会和创新型河南采取了一系列重要措施，取得了比较好的成效。特别是在落后产能淘汰、土地"三项整治"、矿产资源整合、污水和垃圾处理设施建设等方面，我省走在了全国前列。但是，由于受发展基础、发展阶段等多种因素制约，河南经济发展方式总体上仍然粗放，在经济高速发展的同时，付出了比较大的资源能源和环境代价。

河南要实现跨越式发展，从路径上看有"两个走不通"，即发达国家走过的高消耗、高消费的现代化道路走不通，我们自己传统的高消耗、高污染的粗放式发展道路也走不通。否则，我们的资源支撑不住，环境容纳不下，社会承受不起，经济发展也不可持续。即使勉强支持，也没有竞争力。国内外经验表明，资源节约的发展模式、山川秀美的生态环境正在成为新的竞争优势。我们要有长远眼光，要为子孙后代福祉考虑，就必须更加积极主动地加快经济发展方式转变，统筹推进经济社会发展与人口控制、资源节约、环境保护，切实加强自主创新，走出一条低投入、低消耗、高产出、高效益、可持续的集约型发展路子，以较小的资源环境代价，实现更长时间、更高水平、更好质量的发展。

第三，必须把加快产业结构优化升级作为推动科学发展的根本途径。

我们要积极适应产业发展的新趋势，走新型工业化道路，大力推进工业化与信息化融合，着力构建以战略支撑产业为支柱、高新技术产业为先导、现代农业为基础、基础产业为支撑、服务业全面发展的现代产业体系。

一是大力发展现代农业。农业和农村发展仍处在一个艰难的爬坡阶段，"三农"问题仍然是河南发展中最薄弱的环节。当前要从建设国家粮食生产核心区这个战略入手，"以粮为题、统筹'三农'、推动全局"，着力加快现代农业建设。

二是着力培育战略支撑产业。战略支撑产业的选择，要把握好竞争力最强、成长性最好、关联度最高三个基准。竞争方最强，就是看哪一个产业最有比较优势；成长性最好，就是看哪一个产业市场需求潜力大，经过努力可以做大做强；关联度最高，就是看哪一个产业综合效益最大，能够以纲带目、形成综合效益。

三是积极发展先导产业。发展新兴先导产业,核心要解决技术制高点、产业增长点和发展支撑点问题,关键在于依托自身比较优势,选准突破口,发展具有较强竞争力的特色高新技术产业。我省在电子信息、生物医药、新材料等领域具有一定的产业基础和比较优势,要以基地化、特色化、产业化为主线,集中目标、形成合力,努力实现高新技术产业的跨越式发展。

四是加快发展服务业。着力发展具有比较优势的服务业。主要包括现代物流、旅游、文化、会展、商贸等服务业。充分发挥后发优势,积极发展高成长性服务业。主要包括金融、信息服务、房地产、商务服务、社区服务等行业。大力发展农村服务业。以培育发展专业合作社为重点,完善农业产前、产中、产后的社会化服务体系,为实现农业现代化、促进农民增收创造条件。

第四,必须把促进城乡区域协调发展作为推动科学发展的重要任务。

近年来,随着经济实力的逐步增强,河南不断加大统筹城乡、区域发展的力度,在着力构筑中原城市群经济隆起带的同时,扶持引导黄淮四市以及其他地区加快发展,大力发展县域经济,城乡区域发展的协调性逐渐增强,城乡互动、区域联动的发展局面正在形成。然而,实现城乡、区域统筹协调发展是一个长期的过程,当前我省城乡、区域发展中的不平衡问题仍然比较突出。下一步应在以下方面着力推动城乡区域统筹发展,努力取得突破。

一是大力实施中心城市带动战略。城镇化是经济社会结构转变的大趋势,必须坚定不移地加以推进。必须立足自身基础、发挥比较优势,大力实施中心城市带动战略,加快城镇化进程。要构建合理的城镇体系,强化城市产业支撑,建设"紧凑型"城市,推进城市精细化管理。

二是扎实推进社会主义新农村建设。作为全国第一农业大省、人口大省,即使城镇化率达到50%的目标,河南还将有5 000万左右的人口生活在农村,进城务工农民相当一部分还会"双向流动",建设好农民的美好家园,扎实推进新农村建设意义重大。要坚持因地制宜、分类指导,十分注意继续改善农民生产生活条件。

三是促进区域协调发展。要按照主体功能区规划和政策,统筹考虑区域生产力的规模、结构、布局和时序,引导生产要素跨区域合理流动,形成区域间协调互动、相互促进、科学发展的新局面。

第五,必须把以人为本、执政为民作为体现科学发展的根本出发点和落脚点。

这几年,河南省委、省政府每年为群众办好实实在在的"十件实事",下大力气解决群众在就业、社保、上学、就医、住房、饮水、出行等方面的突出问题,使人民群众得到了实惠。实践证明,只有坚持保障和改善民生,才能激发人民推动科学发展的积极性、主动性、创造性,赢得广大群众的信任、拥护和支持。当然,河南人口多、底子薄、人均水平低的基本省情没有改变,经济社会发展不平衡问题依然突出,教育、医疗、就业、社保等方面投入历史欠账较多,着力改善民生、促进社会和谐的任务依然十分艰巨。

我们一定要清醒认识到保障和改善民生的重要性、紧迫性和长期性,着力把最广大人民的根本利益作为贯彻落实科学发展观的根本出发点和落脚点,尊重人民主体地位,发挥人民首创精神,保障人民各项权益,努力兴办人民群众希望办的实事好事,使贯彻落实科学发展观的过程成为不断为民造福的过程,成为不断提高人民生活质量和水平的过程,成为不断提高人民思想道德素质、科学文化素质和健康素质的过程,成为不断保障人民经济、政治、文化、社会权益的过程,让发展成果惠及广大人民群众。

努力使学习实践活动取得实实在在的成效

为确保学习实践活动健康开展,切实取得成效,在活动中要着重把握以下主要原则:

一是坚持解放思想。以解放思想为先导,以改革创新为动力,进一步提高认识、更新观念、转变发展思路,实现"五个更加符合":使思想和行动更加符合实事求是的思想路线,更加符合经济社会发展规律,更加符合自然规律,更加符合党的执政规律,更加符合科学发展观的要求,以思想的大解放,推动改革大深化、开放大带动、创新大弘扬、经济大发展、社会大进步。

二是坚持实践特色。做到"十个结合":把开展学习实践活动与贯彻落实党的十七大、十七届三中全会精神和省委的决策部署结合起来;与开展"新解放、新跨越、新崛起"大讨论结合起来;与以"两转两提"为重点,积极推动政府机构改革,建设服务型政府结合起来;与解决影响和制约科学发展的突出问题结合起来;与构建有利于科学发展的体制机制结合起来;与打造粮食生产核心区结合起来;与加强安全生产、维护社会稳定、建设平安河南结合起来;与为人民群众办实事办好事结合起来;与弘扬抗震救灾精神、做好对口援建工作结合起来;与推动本地本部门本单位工作结合起来,把实践特色贯穿活动全过程。

三是坚持群众路线。坚持开门教育,充分发扬民主,吸收群众特别是注重吸收部分党代表、人大代表、政协委员全程参与,认真听取群众意见和建议,虚心向群众学习,真诚接受群众监督,努力解决群众反映强烈、影响和制约科学发展的突出问题,把群众满意作为评价活动成效的重要依据,使学习实践活动成为尊重群众、贴近群众、惠及群众、引导群众、凝聚群众的过程。

四是坚持正面引导。坚持高标准、严要求,组织广大党员干部深入学习实践科学发展观,实事求是查找存在的问题,深刻分析产生问题的原因,认真开展批评与自我批评,进一步明确努力方向。查找和剖析问题不搞人人过关,注意保护党员、干部的发展积极性。

五是坚持典型教育。重视运用正反两方面的典型教育党员干部,重点剖析"十大案例",从"义马创新群众工作"等五个先进典型中总结经验,从"登封新丰二矿煤与瓦斯突出事故"等五个案例中汲取教训,从理论与实践结合上加深对贯彻落实科学发展观的认识,努力提高领导班子和党员领导干部分析解决实际问题的能力。

同时,开展学习实践活动,一定要紧密联系本地区本部门本单位实际,着力找准并解决影响和制约科学发展的突出问题。

一是按照第一要义是发展的要求解决问题。着力解决发展思路不清、发展信心不足、发展方式落后、发展质量不高、发展后劲不足等问题。尤其要解决一些地方特别是领导干部的思想观念不适应科学发展的要求,习惯于传统的发展观念和思维方式的问题。

二是按照核心是以人为本的要求解决问题。着力解决执政为民意识淡薄,不能深入了解群众愿望、顺应群众要求,对民生问题特别是困难群众的疾苦关注不够,对群众合法权益维护不够,对社会和谐稳定重视不够,对公平、正义维护不够等问题。

三是按照全面协调可持续的要求解决问题。着力解决片面发展、盲目发展、只顾眼前发展等问题,解决单纯追求速度、不重视质量和效益,经济结构不优,自主创新能力不强,节能减排压力较大,不重视经济、政治、文化和社会的协调发展等问题。

四是按照根本方法是统筹兼顾的要求解决问题。着力解决全局意识不强,缺乏战略思维,不能妥善处理中央和地方、局部利益和整体利益、个人利益和集体利益、当前利益和长远利益的关系,有令不行、有禁不止、政令不畅通等问题。

五是按照贯彻落实科学发展观必须加强和改进党的建设的要求解决问题。着力解决党性不强、党风不正、执行党纪不严的问题,在世界观、人生观、价值观、权力观、地位观、利益观方面存在的问题,党员意识不强,理想信念动摇,党员领导干部政绩观不正确、作风漂浮以及形式主义、官僚主义严重等问题。

新一轮解放思想、改革开放的热潮。

要促进思想的新解放。改革开放的实践证明,每一次重大的发展飞跃都需要靠解放思想为先导,冲破思想的藩篱,认清形势、明确目标、开辟道路。新一轮思想解放大潮同样要达到这样的目的。思想解放的力度决定了改革开放的强度和经济发展的速度。解放思想是加快建设富裕文明和谐中原的不竭动力。在新的历史起点上,我们更需要解放思想、开拓进取。解放思想,要冲破一切妨碍科学发展的观念,革除一切影响科学发展的体制弊端,才能催生新思维、新思路、新举措,推进经济又好又快发展和社会全面进步。当前我们要着力破除"十重十轻"不符合科学发展的观念,在正确的思想指引下,把河南经济社会发展各项工作纳入到科学发展的轨道上来。解放思想要敞开胸怀,虚心学习吸收新知识、新观念、新思维,着力在理论武装和更新观念上下工夫。解放思想,要冲破一切妨碍科学发展的观念,革除一切影响科学发展的体制弊端,在创新体制机制、转变经济发展方式和维护社会稳定上下工夫。必须看到,我省的经济社会发展进入到一个关键时期,面临的机遇前所未有,挑战也前所未有。许多深层次的、无法绕开的矛盾和问题摆到我们面前,如经济发展的瓶颈制约、体制障碍、结构束缚、增长粗放、文化传统中的陋习和思想观念的阻碍等等。我们必须以知难而进的勇气、迎难而上的锐气,解放思想,更新观念,勇于探索,逐步破解各种发展难题,闯出一片新天地。

要持续推进经济体制改革。大力推进国有资本调整和国有企业重组,推动国有资本向优势行业和关键领域集中,通过规范上市、中外合资、相互参股等途径优化股权结构,加快建立国有资本经营预算制度,完善国有资产管理体制,积极推进企业年金制,全面推进商贸、建筑等领域的国有企业改革。从统计来看,河南省的国有企业改革所涉及的领域和数量已经比较全面,但是,改革的质量还有待进一步提高。

大力发展非公有制经济。河南省 2007 年非公有制经济增加值占生产总值的比重达 60% 左右,非公有制工业增加值占全部工业比重、民间投资占全社会投资比重均达 70% 左右。这还不够,大力推进经济体制改革,鼓励非公经济发展仍然是河南应长期坚持的政策方向。积极推动金融改革与发展,继续深化城市商业银行、城乡信用社等地方金融机构改革重组,加快组建农村合作银行,开展村镇银行试点。全面推进集体林权制度改革,用两年左右时间,完成全省 2 348 万亩集体林和宜林地明晰产权、确权发证任务,基本形成集体林业良性发展机制。进一步加快城镇化进程,推进郑汴一体化,开展统筹区域协调发展综合配套改革试点,加快郑汴产业带基础设施建设,稳步推进村庄整合并迁,有序展开产业布局。完善郑州、洛阳等城市新区功能,促进郑洛、郑新、郑许呼应发展。按照十七届三中全会的要求,大力推进农村改革发展,探索土地使用权流转的新形式,探索农村金融改革的新路子,加快户籍制度的改革,促进城乡一体化发展。

要深化文化体制和社会体制改革。充分发挥典型示范带动作用,认真总结推广改革单位的成功经验。深化文化体制改革,实现由办文化为主向管文化为主转变。继续推进图书馆、博物

30 年丰富和生动的发展实践揭示的客观真理

河南是中华民族的主要发祥地之一,曾经有过领跑中国乃至世界的辉煌历史。

然而后来由于种种原因,以发生在北宋靖康二年的靖康之变为拐点,中原地区开始衰落、塌陷了。黄河泛滥、战乱频仍,固然是河南由盛转衰的重要因素,但更深层次的原因则是出在河南人的思想上和脑袋里。千百年来传承下来的传统价值理念、伦理规范和思维方式,深深地渗透到了人们的血脉里,支配着人们的思想和行为,制约了河南的经济发展与社会进步。

新中国成立后,在中国共产党的领导下,河南人民艰苦奋斗,取得了社会主义建设的重要成就。然而计划经济体制的藩篱,特别是传统观念和"左"的思想的枷锁,窒息了经济社会发展的活力,以至于新中国成立 20 多年了,我们连吃饭问题还没有解决。

真理标准问题大讨论和党的十一届三中全会,使河南人民开始从极左思想的阴霾中走了出来,改革开放在拨乱反正中破冰起航。

1992 年春,邓小平同志发表著名的南方谈话,引发了又一次思想解放大讨论。中共河南省委鲜明地提出,要紧密联系思想和工作实际,坚决克服一"左"一旧观念,切实做到"五破五树"。经过这次解放思想大讨论,我省打出了"团结奋进、振兴河南"的旗帜,制定了正确的战略,使河南的改革开放步伐和经济发展速度明显加快。

1997年,乘着党的十五大的东风,一场围绕国有企业改革问题的解放思想大讨论在中原大地迅猛展开,有力地破除了姓"公"姓"私"的困惑和桎梏,使迟缓于全国多年的河南国有企业改革终于扬帆起航、破浪疾行了,非公有制经济由此在中原大地蓬蓬勃勃地发展起来了。

党的十六大以来,省委进一步提出了换脑子、挖根子、变法子、装轮子、闯路子的"五子登科"战略,强调河南经济社会要发展,必须把解放思想作为先导工程重点加以推进,用观念政策的突破求得发展实绩的突破,用发展思路的创新求得发展局面的创新,用思想认识的飞跃求得发展质量和速度的飞跃。

思想的大解放推动和促进了河南的大开放、大发展,使河南进入了发展的历史最好时期,完成了由小到大的跨越,实现了由传统农业大省向全国重要的经济大省、新兴工业大省和有影响的文化大省的重大转变,踏上了建设经济强省、文化强省的新征程。河南以其创造的人间奇迹让人刮目相看,用自己的发展重新赢得了尊重。一个不甘落后、自强不息、开放兼容、充满活力的新河南,正以崭新的姿态展现在世人面前。

从中原塌陷到初步崛起,从遭人鄙视到令人刮目相看,这"河南奇迹"是如何创造的? 根本就在于高举了解放思想的旗帜。正是从"等、靠、要"的精神状态和常规发展思想中解放出来,我们坚决摒弃小富即安、小进即满的小农意识,坚决摒弃坐井观天、夜郎自大的内陆意识,坚决摒弃因循守旧、按部就班的保守意识,先后提出了"一高一低"、"两个较高"、"两大跨越"等战略目标,推动河南经济社会发展不断迈上新台阶。正是从"一大二公"的传统所有制理念中解放出来,我们坚持"两个毫不动摇",对非公有经济实行"三放"方针,从而极大地激发了社会活力。正是破除均衡发展的观念,我们以发展县域经济为切入点,启动"18 罗汉闹中原"的强县扩权试点,形成了当今"中部十强县,郑州占五席"的局面;我们充分发挥中原城市群的互补优势和聚合优势,使其竞争力在全国 15 个城市群中位居第 7,在中部位居首位。

改革开放以来的 30 年,是不断解放思想的 30 年。30 年来河南改革开放迈出的每一重要步伐,体制机制的每一次重大创新,都同解放思想息息相关,都由解放思想鸣锣开道,都是解放思想的成果。是思想的大解放成就了河南的大开放、大发展,使古老的中原大地焕发了勃勃的生机和活力,使中原儿女的精神面貌发生了巨大的变化。30 年的改革发展实践充分证明,解放思想是推进河南改革发展的一大法宝。没有思想的超越,就没有发展的跨越。只有走出思维的"峡谷",冲破陈旧观念的"大山",跃上发展的新境界,才能实现促进发展的新跨越。

加快中原崛起对进一步解放思想的热切呼唤

经过 30 年的改革发展,河南已经站在了一个新的历史起点上。在新的历史起点上,加快两大跨越、推进两大建设,实现更大规模、更高水平的发展,在促进中部地区崛起中走在前列,努力建成农业先进、工业发达、政治文明、文化繁荣、环境优美、社会和谐、人民富裕的新河南,是时代的呼唤、中央的要求、人民的期盼,更是我们义不容辞的历史责任。

一是从历史进程看,河南的发展得益于解放思想,必须坚定不移地传承下去。多年来河南经济社会各个领域所取得的巨大成就,首先得益于解放思想。特别是党的十六大以来,我们牢牢抓住国家促进中部崛起这一前所未有的历史机遇,通过解放思想,进一步确立了科教兴豫、开放带动、人才强省和可持续发展战略,明确了工业化、城镇化和农业现代化为全面增强综合实力、发展活力和区域竞争力的基本途径;通过解放思想,大力推进体制改革与创新,国有企业改革实现了历史性突破,非公有制经济成为社会主义市场经济的重要力量;通过解放思想,使城乡面貌发生重大变化,各项社会事业全面进步,人民生活水平显著提高。可以说,思想大解放对于经济社会的大发展具有决定性意义。现在河南正处在大发展、快发展、奋力实现中原崛起的重要历史阶段,我们必须认真总结实践经验,深刻认识解放思想的历史意义和现实意义,把这个重要法宝坚定不移地传承下去。

二是从加快中原崛起的动力之源看,我们比以往任何时候都更加需要解放思想。近年来,河南经济始终以高于全国平均水平的速度增长,人均生产总值在全国的位次不断前移,工业增加值在全国的位次也进入了第一方阵,我们实现了由传统农业大省向全国重要的经济大省、新兴工业大省和有影响的文化大省的重大转变,踏上了建设经济强省、文化强省的新征程。同

照、一项一项落实,推动科学发展再上新台阶。漯河市研究确定
了促进全民创业、优化经济发展环境、加快县区域经济发展、大
力发展服务业、高标准推进城市建设、扎实推进新农村建设、强
力推动企业发展、加大招商引资和项目建设力度、进一步转变干
部作风和维护社会和谐稳定等10个方面的重大专题,将其细化
分解为具体工作任务,并加强督导检查,确保各项任务落到实
处。

三是推动跨越步伐新。通过"三新"大讨论,全省各地不仅
有效解决了一批事关人民群众切身利益的民生问题,初步破解
了一批改革发展的难题,更重要的是,抓住了思想大解放创造的
有利条件,廓清发展误区,破除"十重十轻"等不适应、不符合科
学发展的思想观念,推动跨越发展,取得了一定成效。新乡市围
绕破解"六大瓶颈"、推进"六大跨越"、构筑"五大支撑"理清了
下一步的发展思路。神马集团、永煤集团、安钢集团、中原油田
等国有企业,大力推进理念创新、管理创新、机制创新、科技创
新,发展方式进一步优化,生产经营保持强劲势头。

四是社会和谐气象新。通过"三新"大讨论,全省各地更加
自觉地坚持以人为本、人民至上,作决策、定政策、部署工作始终
把人民呼声作为第一信号,把人民群众利益作为第一原则,把人
民群众满意作为第一标准,坚持不懈地改善民生,做到发展为了
人民、发展依靠人民、发展成果由全体人民共享,扎扎实实地解
决了一批人民群众反映强烈的收入分配、社会治安、住房保障、
上学就医问题以及社会和谐稳定中存在的问题,努力促进实现
全面可持续的社会稳定。

纵横谈

　　感受到"三新"大讨论给中原大地带来的新变化,人们纷纷评价说:现在河南人思想解放了,发展视野广了,创业劲头足了,发展亮点多了。由此可以坚信,河南跨越式发展不是梦! 中原崛起的实现指日可待!

要 点 提 示

——改革开放 30 年来,河南真正实现了"由小到大"的历史性跨越,但距离强省还有不小差距。

——面对新形势和党中央的新要求,省委、省政府结合河南实际情况,明确提出以"两大跨越"为主要内容的强省战略。

——河南省推进"两大跨越"具备丰富的资源、充分的条件、难得的历史机遇,只要全省上下埋头苦干,"由大到强"的新跨越就一定能早日实现。

铸就新的辉煌

——实现河南"由大到强"的新跨越

2008 年 8 月 8 日,第 29 届奥运会在北京隆重开幕,"鸟巢"作为北京奥运主会场,吸引了全世界的目光。这座堪称世界建筑奇迹的宏伟建筑,凝聚了河南人民的智慧和汗水。"鸟巢"施工过程中所需的 4 万吨 Q460 特种钢材,全部由河南舞钢自主研发和生产;参与"鸟巢"施工的工人中 80% 来自河南。可以毫不夸张地说,河南人在为奥运"筑巢"的过程中起到了主力军的作用。"鸟巢"不仅向世界展示了中国强大的综合国力,也为世人了解河南改革开放 30 年来取得的巨大成就提供了一个窗口。河南已经由一个落后的内陆农业省份,发展成为全国重要的经济大省、新兴的工业大省和有影响的文化大省。如今的河南已经开始了"由大到强"的新跨越。

新河南，新要求

改革开放 30 年来，中原大地发生了翻天覆地的变化，河南实现了"由小到大"的历史性跨越，一个充满生机和活力的新河南崛起于中原大地。

河南省 GDP 总量连续多年稳居全国第 5 位，居中西部 18 个省、自治区、直辖市首位。从 2000 年到 2007 年，河南的粮食产量连续 8 年位居全国第 1 位，2006 年和 2007 年连续两年产量超过 500 亿公斤，占全国粮食总产量的 1/10 强，不仅满足了河南近 1 亿人口的粮食需求和众多粮食加工企业的原料需求，而且为保障国家粮食安全做出了突出贡献。近些年来，河南工业发展迅猛，在全国工业体系中的地位不断提高，2003～2007 年，全省全部工业增加值年度增幅平稳，年均增长 18.2%，比全国工业增加值年均增长水平高 5.8 个百分点，其中，全省规模以上工业增加值 5 年年均增长 22.9%。2007 年，全省全部工业实现增加值达 7 508.27 亿元，是 2002 年的 3.1 倍，规模以上工业增加值 2007 年达 5 438.06 亿元，相当于 2002 年的 3.8 倍，全省全部工业增加值和规模以上工业增加值均居全国第 5 位，排在广东、山东、江苏、浙江省之后，继续稳居中西部地区首位。

在经济保持快速增长的同时，河南的文化事业和文化产业也呈现出强劲的发展势头。公共文化服务体系建设成果显著，公益性基础文化建设发展迅速，标志性文化设施建设进展顺利。

总投资近 10 亿元的河南艺术中心正式建成启用,总投资 3.9 亿元的中国文字博物馆一期工程已开工建设;文化信息资源共享工程、广播电视"村村通"工程、农村电影放映工程、"新农村书屋"工程等文化惠民工程的实施,让广大人民群众享受到了文化事业发展的成果。文化产业快速发展,文化业态趋于完备,文化增加值迅速增长,文化软实力明显提升。

河南从一个一度以满足群众温饱为首要目标的内陆省份,发展成为全国重要的经济大省、新兴的工业大省和有影响的文化大省,经历了"由小到大"的历史巨变,积累了丰富的经验。河南已经处于一个新的历史起点上,面临着新的发展机遇。正如省委书记徐光春在省委八届八次全会上的讲话中所说:"在新的历史起点上,加快两大跨越、推进两大建设,实现更大规模、更高水平的发展,在促进中部地区崛起中走在前列,努力建成农业先进、工业发达、政治文明、文化繁荣、环境优美、社会和谐、人民富裕的新河南,是时代的呼唤、中央的要求、人民的期盼,更是我们义不容辞的历史责任。"

但同时也应当看到,河南在实现"由小到大"的转变之后,要实现"由大到强"的新跨越,还面临着许多困难和问题。河南的经济总量排在全国第 5 位,但 2006 年人均 GDP 仅列全国第 16 位,是全国平均值的 82.8%;2006 年,河南三次产业的产值结构为 16.4∶53.8∶29.8,全国则为 11.7∶48.9∶39.4,相比之下,河南第一产业比重过高,第三产业比重过低,产业结构不尽合理;2006 年,河南省城镇化仅为 32.47%,比全国低 11.4 个百分点,在全国排在倒数第 5 位。此外,河南经济发展还面临城乡、区域发展不平衡,经济增长方式比较粗放,节能减排形势严峻,土地、资源、环境等约束加剧,农业基础仍较薄弱,粮食连续增产、农民持续增收难度加大等诸多矛盾和问题。

在文化建设方面,河南省文化事业和文化产业发展迅速,取得了可喜的成绩。但也应该看到,河南人口多,历史欠账多,河南的文化事业费占财政支出的比例还很低,人均文化事业费总量在全国排倒数第一;文化产业增加值占 GDP 的比例很低;河南文化产业还以舞台表演、广播影视、新闻出版等传统项目为主,网络文化、休闲娱乐等文化创意产业较为落后,文化产业科技含量较低,市场竞争能力有待加强。

适应时代发展、结合河南实际,河南省委、省政府把实现"由大到强"作为战略目标提了出来,这就是在 2006 年 10 月召开的河南省第八次党代会提出的"加快经济大省向经济强省跨越,加快文化资源大省向文化强省跨越,努力推进和谐中原建设,全面推进党的建设新的伟大工程,胜利完成'十一五'规划,实现跨越式发展,实现更大规模、更高水平发展,在促进中部地区崛起中发挥更大作用,努力走在中部地区前列"。十七届三中全会召开前,胡锦涛总书记来河南考察农村改革发展,对河南近年来经济社会发展特别是农村改革发展取得的成绩给予充分肯定,对河南提出了新的希望,即全面贯彻党的十七大精神,紧紧抓住国家大力促进中部地区崛起的宝贵机遇,以更加开阔的视野、更加扎实的作风、更加有力的措施,在继续解放思想、坚持改革开放上取得新进展,在推动科学发展、促进社会和谐上迈出新步伐,在全面建设小康社会、加快推进社会主义现代化进程中

57

谱写中原崛起的新篇章。新进展、新步伐、新篇章,是总书记对处于新的历史起点上的河南人民提出的新要求。实现"由大到强"的历史性跨越,实现总书记的新要求,是新时期河南人民的努力方向和奋斗目标。

"两大跨越"铸强省

"两大跨越"是一次质的飞跃,不仅要加快发展、做大规模,而且要加快转型、提高发展质量,实现量的扩张与质的提升、大而强与富而美的统一。"两大跨越"是河南在新的历史起点上的奋斗目标,是实现中原崛起的必然要求,是河南"由大到强"的核心任务。为此,河南推出了一系列卓有成效的重要举措。

在加快经济大省向经济强省的跨越方面,河南进一步加大了改革开放力度,以大开放促大发展;大力调整经济结构和产业结构,促进国有经济、集体经济、民营经济、股份合作制经济和一、二、三产业协调发展;强力推进中心城市带动战略,做大做强中原城市群;积极实施区域协调发展战略,大力发展县域经济;加快工业化、城镇化进程,推进农业现代化,用工业理念发展农业,推进农业产业化;大力发展现代农业,巩固农业基础地位;发挥河南的区位优势,大力发展交通业和物流业,搞活中原大市场。同时,强力推进河南由文化资源大省向文化强省的跨越,大力加强社会主义核心价值体系建设,努力构建公共文化服务体系和具有中原特色的优势文化产业体系,培育文化市场竞争主体,优化文化产业格局,通过"中原文化港澳行"、"中原文化沿海行"等文化推介活动,向海内外强力推介中原文化,宣传河南改革开放的新形象,强化河南的文化软实力,增强中原文化的感召力、向心力和影响力。

全省人民在省委、省政府的正确领导下,以改革创新精神推进"由大到强"的新跨越,迈出了坚实而可喜的步伐,取得了显著成效,河南发展的面貌发生了新的可喜变化。

GDP 总量以两位数增长,人均总产值快速增长。继 2005年河南 GDP 总量首次超万亿元之后,2006 年,河南 GDP 总量达1.2 万亿元,全省人均生产总值 13 279 元;2007 年更高达 1.5万亿元,人均生产总值 16 060 元,较上年增长 14.4%。河南的 GDP 总量已连续数年稳居全国第 5 位,工业增加值也稳居全国前列。

农业生产再上新台阶,粮食大省的地位更加巩固。2006年,河南粮食大丰收,全省粮食产量达 5 055 万吨,比上年增产10.3%;2007 年粮食生产再上台阶,全年粮食产量 5 245.22 万吨,比上年增产 2.6%。河南的粮食总产量连续数年居全国第 1位,成为名副其实的粮食大省。河南已经成为全国的大粮仓、大厨房。

中原城市群快速发展,城市带动战略效果显著。2006 年,中原城市群 9 市生产总值 7 084.39 亿元,比上年增长 15.3%,占全省生产总值的比重为 56.8%。全省有 13 个县和 81 个县地方财政一般预算收入分别超过 5 亿元和 1 亿元;2007 年,中原城市群 9 市生产总值达 8 581.58 亿元,比上年增长 15.4%,

占全省的比重为57%。中原城市群建设显示出勃勃生机。

区域经济发展迅速,县域经济显示实力。为了加快经济大省向经济强省的跨越,河南省委、省政府于2007年5月出台了《关于加快黄淮四市发展若干政策的意见》,协调区域发展,增高中原崛起的"短板"。2007年,黄淮4市发展强劲,生产总值2996.52亿元,增长13.2%,占全省的20%;县域生产总值10400亿元,占全省的69%。全省有20个县(市)地方财政一般预算收入超5亿元,有4个超10亿元。

文化建设快速推进,道德模范感动中国。以建设社会主义核心价值体系为主要内容的思想道德教育取得积极进展;以诚实守信、勤劳朴实、宽容礼让、奋发进取为主要特色的中原文化精神得到了丰富和弘扬;以谢延信、魏青刚、王百姓为代表的道德模范的先进事迹感动中国;公共文化服务体系建设成果显著,公益性基础文化建设发展迅速,文化惠民工程稳步推进,标志性文化设施建设进展顺利。

文化产业发展迅速,文化品牌叫响海内外。在加快中原文化资源大省向文化强省的跨越中组建的河南影视、出版、报业、演艺等大型文化产业集团,大胆试水文化市场,竞争优势初步显现;2006年,全省文化产业增加值达395亿元,较上年增长17%;2007年,文化产业增加值超过450亿元,增长约18%,总量位居全国前列,远远高于GDP的增长速度。如今,文化产业已经成为河南新的经济增长点,文化产业增加值持续保持高速增长,总量规模日益扩大,河南的文化软实力正在经历令人振奋的蝶变;音乐舞蹈剧《禅宗少林·音乐大典》、《清明上河图》、

《河洛风》,豫剧《程婴救孤》、《村官李天成》,电视连续剧《快乐星球》、《独脚乐园》,《梨园春》、《武林风》电视栏目,以及"黄帝故里拜祖大典"、"国际少林武术节"、"牡丹花会"、"菊花花会"等节会,已经成为拿得出、叫得响、走得远的文化品牌,成为河南的文化名片。

迈向新的辉煌

丰富的资源、充分的条件、难得的机遇为河南实现"由大到强"的新跨越提供了条件,"两大跨越"取得了令人瞩目的成就,为中原崛起、为河南实现新进展、迈出新步伐、续写新篇章添注了强大生机和活力。然而仅有这些是远远不够的。我们还必须按照胡锦涛总书记对河南提出的新要求、新希望,按照省委、省政府确定的战略,创造性地开展工作、用实际行动推进河南"由大到强"的新跨越。

把解放思想作为推动河南"由大到强"新跨越的总开关。解放思想是一切行动的总开关,是改革开放的动力之源,也是社会发展进步之源。只有敢于解放思想,善于解放思想,才能破除僵化保守、因循守旧、自我满足、固步自封等陈腐落后的观念,才能轻装上阵,才会有新思路、新办法、新点子,才能真正把注意力放到如何推进"两大跨越"上,放在促进中原崛起上,用新解放促进新崛起、新跨越。

努力转变经济发展方式,实现经济又好又快发展。其核心是按照建设生态文明的要求,走中国特色的农业现代化道路、中国特色的工业化道路和中国特色的城镇化道路。进一步加快产业结构优化升级,适当提高产业集中度,加快第三产业发展;扎实推进社会主义新农村建设;加强基础设施和基础产业建设,缩小城乡差距和区域差距;努力提高科技创新能力。

把坚持改革创新作为实现"由大到强"新跨越的突破口。要在解放思想的基础上,以改革创新为突破口,通过体制改革和机制创新,强化文化原动力,提高文化创新力,增强文化发展活力。高度重视文化事业和文化产业的发展,推动文化大发展大繁荣。其核心是建设和巩固社会主义核心价值体系。加强对文化资源和文化遗产的挖掘、整理和保护工作;繁荣发展哲学社会科学;大力发展传媒出版、文化旅游、武术健身、杂技表演、工艺美术和文博会展等优势文化产业,积极发展网络服务、信息咨询、动漫游戏、文化创意等新兴产业;深化文化体制改革;着力构建和谐文化。

将经济发展与文化建设统一起来。其核心是实现以人为本的经济发展,推动有利于经济发展的文化建设。采取开放的发展模式,吸引资金和人才向省内积聚;用现代经济手段传播河南文化,以文化魅力提高河南经济的竞争力;提高河南工农业及服务业产品的质量和售后服务水平,建立与文化发展相适应的经济秩序;努力改善河南的区域形象,提高河南的知名度和美誉度,构建与经济发展相适应的区域文化。

建立"两大跨越"的互动机制。经济与文化原本是社会结构要素中两个密不可分的孪生兄弟,经济体现出文化,文化包含有经济,经济与文化很难截然分开。然而在运作层面上,经济归经济,文化归文化,二者壁垒分明。加快"两大跨越",实现河南"由大到强"的新跨越,就要建立有效的"两大跨越"互动机制,以互动促交流,以互动除障碍,以互动促发展、促跨越。

进一步优化推进"两大跨越"的评价机制。实现河南"由大到强"的新跨越,不仅要看经济指标和文化指标,还要看社会、民生等其他指标;不仅要看总量指标,还要看人均指标,看人均指标在全国的位次;要坚持以人为本,注重质量和效益,注重可持续发展和协调发展,彻底改变过去那种侧重数量、速度和物质指标的考核方式,使考核体系更加科学,更加符合科学发展观的要求。要全面评价,统筹考核,要有科学而又合乎实际的参照系,有可以量化的考核指标,有令人信服的评价机制。

面对前所未有的机遇和挑战,河南人民必须激流勇进,再铸辉煌。只要全省上下统一思想、埋头苦干,河南"由大到强"的新跨越一定能够早日实现。

要 点 提 示

——努力转变经济发展方式，是新的形势下保持河南经济社会又好又快发展的客观要求，也是实现中原崛起的必由之路。

——必须按照科学发展观的要求，用"三个转变"的新思路推进经济发展方式转变，并确保尽快取得成效。

——加快经济发展方式转变，要从河南实际出发，多策并举，采取切实有效的政策和措施。

实现中原崛起的必由之路

——加快转变经济发展方式

平煤集团是我国重要的煤炭生产企业,目前正在打造全国重要、全省最大的新型能源化工集团,也是能源消耗大户。平煤集团节能减排的任务十分艰巨,已被列为"国家千家企业节能行动"、"河南省3515节能行动"企业之一。为了确保完成节能减排目标任务,2008年3月31日,平煤集团召开本年度节能减排工作会议,会上连发8个文件,对所属单位的节能减排工作进行量化考核,实行行政问责和"一票否决",多方共同实施动态监控。

平煤集团下决心加强节能减排工作,是河南转变经济发展方式的一个缩影,也反映了河南转变经济发展方式的艰巨性。努力转变经济发展方式,是新的形势下保持河南经济社会又好又快发展的客观要求,也是实现中原崛起的必由之路。

转变经济发展方式势在必行

经济发展方式,就是推动经济发展的各种生产要素投入及其组合的方式。从发达国家和一些发展中国家的实践看,经济发展一般有两种方式:一是主要依靠增加资金、物质要素投入来实现的经济发展,在发展中不注重生态环境的保护,排放污染也较严重,即粗放型经济发展;二是主要依靠科技进步和人力资本提升来实现的经济增长,并注重节能减排和环境保护,即集约型经济发展。转变经济发展方式,就是要实现经济发展由粗放向集约的转变。

转变经济发展方式是实现河南经济又好又快发展的需要。科学发展观的本质要求,就是实现经济社会的全面、协调、可持续发展。转变粗放型经济发展方式是实现又好又快发展的根本大计。河南是以能源原材料工业为主导的工业大省,能源原材料工业占工业经济总量的60%左右。这种低度化的产业结构,必然造成生产过程中能源、原材料消耗高,产品的技术含量和附加值低。同时,还对能源、环境造成了巨大的压力,严重制约着经济的持续快速协调发展。因此,只有转变经济发展方式,实现产业结构的优化升级,才能实现又好又快发展的目标。

转变经济发展方式是增强河南区域竞争力的需要。河南是一个经济大省,但远不是经济强省,实现从经济大省向经济强省的跨越,不仅要求发展快、总量大,而且要求结构优、素质高、效益好、后劲足。只有转变经济发展方式,切实把经济增长转移到依靠科技进步和提高劳动者素质上来,才能催生一批新的经济增长点,提升产业层次,优化经济结构;才能不断优化资源要素的配置效率,提高投入产出率;才能在保证经济高速增长的同时,不断提高经济增长的质量和效益,提高区域竞争能力。

转变经济发展方式是破解河南资源环境瓶颈的需要。在当前资源环境约束越来越突出的情况下,如果继续采取粗放型的经济发展方式,资源环境将不堪重负。虽然在开放经济条件下,我们可以通过扩大进口来缓解资源不足的矛盾,但从实践看,一个国家或一个地区重要资源的外贸依存度过大,将存在着明显的市场、价格风险和经济安全问题,只有转变经济发展方式,才能减轻经济发展对资源的依赖。同时,我们要实现全面建设小康社会的宏伟目标,必须坚持以人为本的发展观,使经济发展的成果真正惠及人民,提高人民的生活质量。只有转变粗放型的经济发展方式,才能促进经济增长和环境保护、生态建设的有机统一,让人民喝上干净的水、呼吸到清新的空气、吃上放心的食品,有一个良好的生产、生活环境。

转变经济发展方式是解决当前河南经济发展中的矛盾的需要。当前,河南正处于结构转换、体制转轨、社会转型时期,长期积累的体制性、素质性、结构性矛盾日益显现,特别是当前经济发展中出现的一些矛盾与问题,大都与发展方式密切相关。比如,资源环境问题和经济生活中存在的投资率偏高、投资结构不合理等问题,而投资率偏高、投资结构不合理,又容易造成第三产业发展滞后、农业投入不足、科技自主创新能力不强、低水平重复建设严重等问题,这些问题可以说都与粗放型发展方式密不可分。因此,只有转变发展方式,才能从根本上解决经济发展中出现的矛盾和问题,实现又好又快的发展。

转变经济发展方式是构建社会主义和谐社会的需要。构建社会主义和谐社会,就要实现人与人的和谐、人与社会的和谐、人与自然的和谐。河南是全国的人口大省,人均资源拥有量少,生态环境整体上比较脆弱。粗放型发展方式,使原本稀缺的资本、矿产资源、能源等要素变得更加稀缺。只有转变经济发展方式,大力发展循环经济,积极建设资源节约型、环境友好型社会,坚定不移地走新型工业化道路,坚持节约发展、清洁发展、安全发展,才能不断改善生态状况,为人们提供适宜居住的生活环境,促进人的全面发展。因此,构建社会主义和谐社会,迫切要求更加重视转变发展方式,切实把经济发展方式由粗放型转向集约型的轨道。

推进经济发展方式转变要有新思路

经过多年的努力,我们在转变经济发展方式方面取得了一定成效,但总体而言,仍未取得突破性进展。经济快速增长在很大程度上仍然是依靠资本、劳动和资源的高强度投入,因而经济发展的投入成本、资源消耗和环境代价仍然很大。这种过度依赖要素投入的发展方式,在新的形势下,特别在国家宏观调控的背景下,已经难以为继。转变经济方式不仅是必要的和重要的,而且具有紧迫性。这就要求必须按照科学发展观的要求,用"三个转变"的新思路推进经济发展方式转变,以加快转变经济发展方式的步伐,并确保尽快取得成效。

一是促进经济增长由主要依靠投资、出口拉动向依靠消费、投资、出口协调拉动转变。改革开放以来,河南投资、出口增速呈现增长态势,尤其是投资增长过快,根据河南省统计局的测算:河南"五五"时期全省投资对经济增长的拉动系数为29.1%,到"十五"时期上升到53.8%,2005年达到68.3%,2006年略有下降为67.4%。而消费增速相对缓慢,对经济增长的拉动也较为乏力。实际上,要保持经济协调发展,必须依靠消费、投资、出口协调拉动,尤其是要提高消费对经济增长贡献度。这是因为,投资增长过快造成生产能力低水平过剩,产业结构进一步扭曲。目前,固定资产投资中还存在着大量的盲目投资、重复建设、无效投资,生产能力严重过剩。并且随着投资率不断攀升和消费率持续走低,投资效率越来越低,经济运行中的无效投资越来越多。过分依赖投资带动经济增长,助长了高投入、高消耗、低产出、低效益的粗放型增长模式,投资效率低下,粗放型的增长模式难以转变。同时,我国作为一个发展中的大国,也不可能把发展的基点放在外需上,尤其是在当前世界经济复杂多变、市场竞争日趋激烈的形势下,扩大内需具有重要战略意义,关系到国民经济的长远发展,关系到国家经济安全。河南作为全国第一人口大省、新兴工业大省和重要的经济大省,要以增加居民消费特别是农民消费作为扩大消费需求的重点,不断拓宽消费领域和改善消费环境,促进消费结构升级,切实为扩大内需做出自己的贡献。

二是由主要依靠第二产业带动向依靠第一、第二、第三产业协同带动转变。河南和全国一样,目前处在工业化的中期阶段,以重化工业为主的第二产业呈现出迅猛的规模发展之势。从产业结构看,2007年,河南三次产业结构为14.8:55.2:30,从三次产业的贡献率看,第一产业为4.1%,第二产业为67%,第三产业为28.9%,第三产业和全国差距较大,发展严重落后。产业结构不合理的状况,不仅加大了资源环境的压力,影响经济整体素质和效益的提高,也不利于缓解就业压力,影响经济的稳定性。因此,转变经济发展方式,必须立足优化产业结构推动发展,把调整产业结构作为推动发展的主线,加强农业基础地位,逐步实现农业由弱变壮;提高工业技术水平,实现工业由大变强;加速发展服务业,实现服务业由慢变快。对于河南来讲,尤其要大力发展第三产业,其中要把发展服务业放在优先地位,从加工业优先发展逐步转向服务业率先发展。一要围绕现有产业来延伸,促进现代制造业与服务业的融合和互动发展。二要围绕需求发展现代服务业,积极拓展新型服务领域。三要发展农村服务业。加快构建和完善包括生产销售、科技、信息、金融和生活服务的农村社会化服务体系。四要培育充满活力的服务业市场主体,优化服务业组织结构,使经济增长由主要依靠第二产业带动向依靠第一、第二、第三产业协同带动转变。

三是由主要依靠增加物质资源消耗向主要依靠科技进步、劳动者素质提高、管理创新转变。河南虽然是资源大省,但由于人口众多,资源人均占有量并不高。如人均耕地不足0.19公

进创新和提高效益上的基础性作用。建立能够反映资源稀缺性、市场供求状况和环境代价的资源价格体系。推进垄断行业改革,完善定价和监管机制。推广资源有偿开采制度。完善资本、土地、劳动力等要素市场。加强激励性、限制性和惩罚性制度建设,提高资源综合利用效率和环境质量。

改进政府绩效考核体系,完善监督体系。过去偏重经济增长指标的绩效考核体系,使得一些地方片面追求经济增长速度和当前利益,忽视资源环境成本和长远利益,忽视经济发展的质量和效益,加之缺乏有效的问责机制,因而难以抑制低水平扩张冲动和无序竞争,难以纠正各种"形象工程"和"政绩工程"。应改变以经济总量和速度指标为中心的考核方法,防止急于求成和盲目无序发展的倾向。综合考虑经济发展、社会和谐、环境保护等问题,既要将促进城乡就业增长、节约资源能源和保护环境等列入考核内容,也要研究规范这些指标的统计监测方法和考核办法,提高考核质量。同时,建立健全监督体系,实现对政府权力部门和决策机关的有效监督,强化责任追究,防止短期行为。

要 点 提 示

——河南多年来坚持以工业化为核心,大力发展现代农业。工农业互动协调发展的"河南模式"符合河南省情,在实践中已经取得了显著成效。

——"河南模式"的内涵是:以巩固农业基础地位为前提,以实现统筹协调发展为目标,以培育涉农支柱产业为重点,以科技投入和科研成果转化为支撑,以结构优化和产业集聚为保证。

——"河南模式"是对传统工业化路径的修正,对我国中西部地区顺利推进工业化,实现国民经济又好又快发展,有着重要的启示。

传统农业大省的新型工业化道路
——谈谈工农业互动协调发展的"河南模式"

地处我国中部的河南省,是我国第一人口大省、第一农业大省。改革开放以来特别是中央实施中部崛起战略以来,河南各级党委和政府努力推进农区工业化,坚持工农业互动协调发展,探索"以农兴工、以工促农"的有效途径,取得了明显成效,走出了一条没有以削弱农业的基础地位为代价的农业地区新型工业化道路,被外界称之为工农业互动协调发展的"河南模式"。

"河南模式"的显著成效

河南多年来坚持以工业化为核心,在促进产业素质和竞争力明显提升的同时,大力发展现代农业,实现了由传统农业大省向经济大省和新兴工业大省的历史性跨越。工农业互动协调发展的"河南模式"符合河南省情,在实践中已经取得了显著成

纵横谈

效。

综合经济实力跃上新台阶。改革开放之初的 1978 年,河南 GDP 总量 162.9 亿元,列全国第 9 位,2007 年达到 15 058 亿元, 列全国第 5 位。人均 GDP,1978 年为 231 元,2007 年达到 16 060 元,增长 69.5 倍;社会消费品零售总额,1978 年为 71.79 亿元,2007 年为 4 598 亿元,增长 64 倍;进出口总额 1978 年为 1.18 万亿美元,2007 年为 128 亿美元,增长 108 倍;财政收入 1978 年为 33.73 亿元(老口径),2007 年为 861.5 亿元,增长 25.5 倍。农民人均纯收入 1978 年为 104.7 元,2007 年为 3 852 元,增长 36.8 倍;城镇居民人均可支配收入 1992 年为 1608 元, 2007 年为 11 477 元,增长 7.1 倍。

"三农"工作取得突破性进展。粮食总产接连迈上 400 亿 公斤、450 亿公斤和 500 亿公斤三个台阶,连续 8 年居全国首 位,连续 3 年超千亿斤。河南粮食总产占全国的 1/10 强,小麦 产量占全国的 1/4 强,为国家粮食安全作出新贡献。依托粮食 资源优势,农产品加工业蓬勃发展,带动和促进了粮食转化、蔬 菜种植和畜牧业、水产业的发展。概括起来,河南"三农"工作 取得三大历史性成果:走出了一条在不牺牲、不削弱农业的前提 下大力推进工业化、城镇化的路子;农业特别是粮食生产实现跨 越式发展;最苦的农村改变了面貌,最弱的农业增强了实力,最 穷的农民树立了信心。

工业进入全国第一方阵。河南工业基础薄弱,1949 年工业 总产值仅为 2.29 亿元,占工农业总产值的 10.9%,占全国工业 总产值的 1.6%。1978 年工业总产值占全国的比重仅为

3.7%,居全国第 12 位。改革开放以来,河南工业呈现快速发展势头。2007 年,河南工业增加值突破 7500 亿元,跃居全国第 5 位,其中,规模以上工业增加值达 5438 亿元,居全国第 6 位,实现利润 1959 亿元,居全国第 4 位。进入全国大中型工业企业的数量近 1500 家,居全国第 6 位。2007 年全部工业对全省 GDP 增长的贡献率达到 65.2%,河南工业在国民经济发展中的主导地位得到进一步强化。

经济结构发生历史性变化。全省三次产业结构由 1978 年的 39.8:42.6:17.6,变为 2007 年的 15.7:55.0:29.3,二、三产业之和提高了 24.1 个百分点;工业内部结构正在逐步从能源原材料工业为重心向以一般加工和技术密集加工工业的高加工度化转变。加工工业比重 2006 年达到 34.49%,呈上升态势。就业结构显著变化,2006 年全省一、二、三产业就业结构为 53.3:23.6:23.1,虽然第一产业就业比重明显偏高,但 2000 年以来的 6 年间,第一产业就业比重下降了 10.7 个百分点。所有制结构进一步改善,2001 年全省非公有制经济比重为 38.2%,2007 年突破 60%,与 2002 年比,国有及国有控股工业企业户数减少 60%,而资产总额增长 63%,利税增长 2.2 倍。

"河南模式"的丰富内涵

河南在由传统农业大省向经济大省和新兴工业大省跨越的实践中,立足省情,科学发展,形成了符合新型工业化基本要求、颇具时代特色和创新意义的发展模式,其内涵十分丰富。

以巩固农业基础地位为前提。十六大以来,河南上下在为实现中原崛起而奋斗中始终重视农业的基础地位。河南省委、省政府确定的中原崛起的总目标是"农业先进、工业发达、政治文明、文化繁荣、环境优美、社会和谐、人民富裕","农业先进"首当其冲,在发展理念、目标要素、核心诉求等层面确立了在推进工业化和城镇化中农业至高至重的位置。在实际工作中,河南始终做到:一是实行最严格的耕地保护制度。2006 年以来,仅省国土资源厅就通过项目预审卡掉了 35 个不符合产业政策的拟建项目,节约土地 1.5 万亩。河南还规定,国家下达的用地指标主要用于事关国计民生的重点项目,一般项目从建设多层标准厂房和盘活存量用地中解决。从 2004 年开始,河南开展了以农村空心村、黏土砖瓦窑、工矿废弃地为重点的"三项整治",共整治土地 129 万多亩,新增耕地 78 万亩。截至 2007 年,河南连续九年实现耕地占补平衡,耕地稳定在 1.034 亿亩以上。二是狠抓粮食生产不放松。河南在 2005 年率先免除农业税基础上,又实行了种粮补贴、良种补贴、农机具购置补贴和农资综合直补等七项补贴,2008 年全省种粮直补和农资综合补贴达到 70.9 亿元,比上年增加 31.4 亿元。实施优质粮食产业工程,打造粮食生产核心区,提高粮食综合生产能力,从 2005 年起整合支农资金集中投向 24 个产粮大县,2007 年核心产区粮食增量占到全省增量的 80%。三是推进农业现代化。近年来,河南大力发展现代农业,在基地化种植、标准化生产、产业化经营等方面大胆探索,不断提高农业的水利化、机械化和信息化,提高土地产出率、资源利用率和农业劳动生产率，提高农业的素质、效益和竞争力，积极推进农业的集约化、规模化、产业化发展，推动传统农业向现代农业转变。

以实现统筹协调发展为目标。河南农业比重大，农村人口多，资源型产业比例高，在实现中原崛起的进程中，始终面临着农业稳定增产和基本实现工业化、保护生态环境和加快经济社会发展的双重历史任务。一方面，从 20 世纪 90 年代初开始，河南省委、省政府先后作出"围绕农字上工业，上了工业促农业"的决策，提出"工业、农业两篇文章一起做"，开始了工农业协调发展的探索。人们看到，工业文明的长足进步大大提升了河南农业的发展水平，机械化耕作、基地化种植、企业化经营、科技化提升已成为河南农业发展的显著特点；同时，广阔的农村腹地也为河南工业的成长提供了巨大的市场和丰富的人力资源。以 2006 年省八次党代会为标志，河南把"农业先进、工业发达"纳入中原崛起总目标和建设新河南的总蓝图，在强工兴农的道路上迈出了新步伐。另一方面，坚持环境保护与产业发展两大问题一起解，大力推进传统产业的优化升级，强力推进火电、建材、有色、钢铁、煤炭、化工、造纸、皮革等高耗能、高排放重点行业的节能减排，加快淘汰落后产能和落后设备，突出抓好重点流域和重点区域环境综合整治，使火电行业"上大压小"和脱硫设施建设、水泥行业淘汰机立窑水泥、污水垃圾处理厂（场）建设等工作走在了全国前列。同时，大力发展循环经济和环保产业，推进林业生态省建设，全省的森林覆盖率稳步上升，环境质量逐步好转，经济发展的可持续能力大大增强。

以培育涉农支柱产业为重点。食品工业与"三农"关联度最大、最直接,作为全国重要的粮食生产基地,河南将建设全国重要的食品工业基地列在六大优势产业之首,连续在3个五年计划中把食品工业作为支柱产业来培育。在实际工作中,一是出台一系列支持、鼓励食品工业发展的政策措施。把建成全国重要的优质专用小麦主产区和小麦加工基地、全国重要的畜产品生产和加工基地列为发展目标,千方百计拉长农产品加工链条,支持农产品精深加工,挖掘农产品增值潜力,建立起了具有地方特色的农副产品加工体系。二是创造食品工业快速发展的良好环境。完善粮食市场体系,放开粮食购销市场,拓宽粮食产销渠道,推广龙头带基地、公司连农户、产加销一条龙等多种模式,建立健全企业与农户利益共享、风险共担的经营机制,使农民更多地分享农产品加工、流通环节的收益。三是扶持龙头企业。对经济效益好、带动能力强、产品具有市场竞争优势的农产品加工龙头企业在基地建设、原料采购、设备引进和产品出口等方面给予具体帮助和扶持。目前,双汇集团是中国最大的肉类加工基地,华英集团年加工肉鸭能力居世界第一,"思念"速冻食品进入沃尔玛全球采购系统,"大用"、"永达"成为麦当劳、肯德基的主要供应商。中国肉类协会首次在全行业开展"中国肉类工业影响力品牌"评审活动,河南7个品牌榜上有名,占全国总数的1/6。2007年,河南规模以上食品工业实现主营业务收入2 633亿元,居全省工业各行业之首,食品工业成为河南在全国最具比较优势的一个产业。

以科技投入和科研成果转化为支撑。河南粮食连年丰产增收,一个重要原因是农业科研成果的提升和推广应用。河南重点实施推广了农作物优良品种、测土配方施肥、精量半精量播种、病虫草害综合防治等先进实用技术。在农作物新品种选育与推广方面,以"郑麦9023"、"新麦18"、"周麦18"、"郑麦366"等为主的10个小麦优质高产品种,种植面积占全省麦播面积的80%以上,全省小麦良种覆盖率达到98%,基本实现了良种化。全省共有110个县实施了测土配方施肥项目,不仅培养了地力,而且减少了肥料的投入。全省有66个县实施了科技入户项目,进一步提高了农民科学种田的技术水平。目前,科技对河南粮食生产的贡献率和科技成果转化率已分别达45%和40%。小麦平均亩产已从1949年的42.5公斤增加到2007年的387.3公斤,增长8倍多。河南农副产品加工业快速发展同样依靠科技。全国食品行业的龙头企业双汇集团坚持用先进技术和设备改造传统肉类加工业,高起点培育研发队伍,使企业的研发能力和技术创新能力不断提高,保证了每年都有一批新产品投放市场。目前双汇的产品已由单一产品发展到600多种肉制品、200多种冷鲜肉和相关产品,形成了品种多样化、档次差异化、规格系列化的产品群,已成为全国单个企业销售收入最高的食品加工企业。毫不夸张地说,科技在支撑河南食品工业迅猛发展的同时,也使这个农业大省实现着从"卖原料"到"卖产品"的深刻变革。

以结构优化和产业集聚为保证。首先,把特色农业作为农业结构调整优化的方向。河南通过加快优质专用特用玉米、优质棉花、优质高油高蛋白大豆、优质食用型和加工型花生等新品种的示范推广,引导农民调整优化品种、品质结构,调整种植结构,发挥优质品种的增产增效优势和潜力。通过大力发展品牌农业,包括小麦、玉米、西瓜、大枣等各类农产品,带动农业效益的提高和农民收入的增加,初步建成了豫北豫西优质强筋小麦、豫南优质弱筋小麦、豫东豫北优质专用玉米等生产基地。其次,通过产业集聚形成产业带,实现工农业动态协调。改革开放以来,在推动农业区域分工和农业产业化高度发展的基础上,河南以优质农产品和畜产品核心生产区为依托,引导生产要素向该区域集中,形成了专业化、规模化、特色化的农产品生产、加工、销售一体化的综合产业带。目前,河南农业产业化链条已经贯通了从"粮仓"到"厨房"的各个环节,在生产、加工、销售的主链带动下,其他产业也融入了整个农业产业化的体系中。再次,坚持发展"大市场、大流通"。河南利用地处中原的区位优势,以"大市场、大流通"带动第三产业加快发展,进而促进农业和工业发展,建立了全国第一个粮食批发市场和商品期货交易所,组织建立多渠道、多形式、全方位、开放式的信息网络,使之成为市场经济的"千里眼"和"顺风耳",为分散的农户提供优质高效的服务。在商品流通方面,河南已成为东西部地区之间的重要接合部和桥头堡,为食品加工业的迅速崛起提供了"经济大动脉",有效促进了工农业生产要素在城乡间的顺畅流动。

"河南模式"的有益启示

河南工农业互动协调发展的模式,是对传统工业化路径的修正,也是农业大区加快工业化路径的理性选择,对我国中西部地区顺利推进工业化,实现国民经济又好又快发展,有着重要的启示。

要深化对农业多功能性的认识。河南在建设经济大省和新兴工业大省中,农业不仅不被排斥和放弃,而且备受关注、倍加关爱,启发我们重新认识农业的地位和功能。长期以来,人们只把农业简单地看成"吃饭产业",将农业功能单一化,甚至把农业与"落后"、"负担"等连在一起,忽视了农业之于经济、政治、文化、社会的多种意义。事实上,农业和农村除了提供国家需要的农产品,确保国家粮食安全外,还有其他价值和贡献,在推进工业化、缓解能源危机、推动以生物质产业为主导的产业革命、保护生态环境、传承历史文化等方面发挥着重要功能。农业不只是一种产业形态,还能以特色产业、生物质产业、生态产业、旅游休闲产业、农业文化产业等产业形态,将传统的农业与二、三产业间被割裂的联系重新联结起来,促进农业与国民经济其他部类之间的协调发展。农业还具有巨大的社会功能,近年来蓬勃崛起的乡村旅游产业,就说明农业代表着一种生活方式和文化。随着我国工业化的推进,农业在 GDP 中的份额会越来越小,但其在国计民生和经济社会发展中的地位不仅不会下降,反而会日益上升。

要兼顾工业化和保护耕地两大目标。到 2020 年基本实现工业化,是我国全面实现小康社会的主要目标。而根据《全国土地利用总体规划纲要(2006～2020 年)》,到 2020 年全国耕地保有量为 18.05 亿亩,不得突破 18 亿亩耕地的"红线"。一个严峻的事实是,截至 2007 年年底,我国的耕地只有 18.26 亿亩,已迫近 18 亿亩"红线"。如何在保护耕地的同时保证工业化和城市化对土地的需求,是一个挑战性的课题。不容否认的是,工业化带来的直接和间接用地需求以及工业化所带动的城镇化用地需求,都势必占用一定的耕地。而且,由于工农业比较利益的差异,工业发展不可避免地挤压了农业发展的资源和空间,造成农业生产尤其是粮食生产的萎缩。河南连续 9 年实现耕地占补平衡的经验告诉我们,一定要通过土地整理等途径进行保护、开发,实现耕地占补的动态平衡。要坚持保护耕地和节约集约用地的根本指导方针,统筹土地利用与经济社会协调发展,坚持科学用地、文明用地、集约用地,推进"布局集中、用地集约、产业集聚",不断提高土地资源对经济社会全面、协调、可持续发展的保障能力。

要用新的眼光审视发展工业与维护农业的关系。河南的实践证明,工业化并不一定以牺牲农业为代价。河南在推进工业化的过程中,利用经济分工,在农业现代化的基础上延展产业链,实现了工农业"双赢",这种良性互动协调发展是科学发展的生动体现,说明工业化与农业现代化并行不悖,可以兼顾。关键是要在发挥农业资源优势的基础上推进新型工业化。依据本地农业资源优势发展起来的新型工业化,势必与现代农业发展存在相互联动的依存关系。现代农业发展好了,不仅能为工业生产提供充足而优质的原料支撑,而且能为新型工业化提供广阔的市场;同时,新型工业化的发展在加快工业化进程的同时,反过来也能为现代农业发展提供技术、信息、装备支撑和财力支持,推动农业的品种改进和生产技术的提高,推动农业向多元化、产业化、标准化、品牌化方向发展,给农业开辟广阔的发展前景。

要创新工农业互动协调发展的体制机制。要实现工业农业比翼双飞,首先,必须认识到农业农村发展仍然是我国发展的战略基础。要树立现代大农业产业理念,在农业稳定增产和农民持续增收基础上加快工业化、城镇化进程,决不因农业形势稍有好转而忽视农业和粮食生产。其次,以建设现代农业、加快新型工业化统筹工农业发展,转变农业、工业发展方式,创新"以工补农、以城带乡"的途径和模式,完善对工农互动协调发展的综合评价体系。再次,要构建工农互动协调发展的保障机制,完善对农产品、农机具的价格补贴,全面落实支农惠农政策,加大对传统农区的财政支持和对中西部地区走新型工业化道路的扶持力度,不断夯实农业基础,增强新型工业化发展动力。

要 点 提 示

——面对形势的新变化新特点,中央提出了通过"扩内需、保增长"应对金融危机的总要求,并对宏观经济政策相应做出重大调整。

——我们所面临的困难仍然是发展中的问题。在充分估计面临的困难和问题时,更要看到经济持续快速发展的基本面没有改变。

——应对金融危机,做好河南的经济工作,关键是要做到以下几个方面:头脑要清醒,态度要积极,措施要有力,领导要加强。

千方百计打赢
"扩内需、保增长"这场硬仗

——努力实现河南国民经济平稳较快发展

2008 年 11 月 14 日,省委召开常委会议,听取关于当前经济形势的汇报,安排部署下一步工作。根据安排,我省从 2008 年 11 月份到 2009 年年底将投资 1.2 万亿元,进一步加快项目建设,扩内需、保增长。省委书记徐光春发表重要讲话,强调要准确把握、认真贯彻中央精神,紧密结合河南实际,坚定必胜信心,咬定发展目标,以清醒的头脑,积极的态度,有力的措施,坚强的领导,有效应对金融危机,千方百计打赢扩内需、保增长这场硬仗,努力实现我省国民经济平稳较快发展。

把握好中央应对金融危机的总要求

2008 年,中国经济发展经受了近几年最为严峻的挑战和重大考验。由美国次贷危机引发的全球金融危机不断发展,世界经济增速显著放缓,对我国经济产生一定影响。外部冲击使正在抑制经济过热、减缓增长速度的中国经济出现增速下降过快的问题,经济增速从 2007 年第二季度的 12.7% 下降到了 2008 年第三季度的 9.9%。2008 年出现经济增长放缓,既是我们宏观调控措施作用的结果,而更主要的是受外部冲击的影响。与 1998～1999 年增速大幅下降的不同点在于,这次经济增速下降的同时,还伴随着通货膨胀问题。

面对形势的新变化新特点,2008 年第四季度中央提出了通过"扩内需、保增长"应对金融危机的总要求,并对宏观经济政策相应做出重大调整。

11 月 10 日,国务院召开省、区、市人民政府和国务院部门主要负责同志会议,国务院总理温家宝发表重要讲话,指出:为应对国际金融危机对我国经济带来的不利影响,党中央、国务院作出决定,要实施积极的财政政策和适度宽松的货币政策,出台更加有力的促进经济发展的政策措施。

11 月 12 日,国务院总理温家宝主持召开国务院常务会议。为落实中央关于扩大内需,促进经济平稳较快增长的决策部署,会议研究决定 4 项实施措施。

11 月 28 日,中共中央政治局召开会议,分析研究 2009 年经济工作。会议提出,要把保持经济平稳较快发展作为明年经济工作的首要任务,把保增长、扩内需、调结构更好地结合起来,把推进发展方式转变和结构调整作为应对国内外环境变化、实现可持续发展的根本出路,不断解放思想、创新体制机制,着力改善民生、促进和谐安定。

把握好中央应对金融危机的总要求,要充分认识两个重大政策调整的意义。中央把稳健的财政政策调整为积极的财政政策,把从紧的货币政策调整为适度宽松的货币政策。这两大政策的调整,虽然表面上只是几个字的变化,但这却是我国这几年来经济政策的重大调整。

把握好中央应对金融危机的总要求,要正确理解中央进一步扩大内需促进经济增长的 10 项措施。这 10 项措施不但体现了扩内需、保增长的总要求,而且体现了两个重大政策调整的内涵,体现了党中央、国务院积极应对这场金融危机、保持我国经济社会又好又快发展的力度、决心和举措。

把握好中央应对金融危机的总要求,要了解中央到 2010 年年底投资 1.18 万亿元资金来扩大内需的重大决定。这一决定力度之大、影响之广,可以说是多年少见的,不仅能有效扩内需、促增长,而且能有效增强社会信心,带动社会总投资规模达 4 万亿元。这不仅有重大的国内意义,而且有广泛的国际影响。

中国改革开放 30 年来,曾经历过几次大的经济起伏,每一次都通过积极动用宏观调控手段而平稳度过。从新确定的措施中可以看出,党中央、国务院已经把积极应对当前的经济金融形势当做结构调整和深化改革的难得机遇。而在新的政策框架下,通过努力稳定出口和刺激国内需求可以达到稳定经济的目标,良好的财政收支状况将为扩大基础设施建设提供有力支持,而最近出台的新一轮农村改革政策无疑将提升农村消费需求,从而为全社会消费需求带来强劲的增长动力。

为达到"扩内需、保增长"的目标,在实际工作中,既要保持宏观调控的灵活性,及时解决短期问题,又要着眼于长期问题,通过深化改革、转变经济发展方式,为实现经济的长期可持续发展创造条件。

首先,积极扩大内需,促进经济平稳较快增长。一要稳定投资需求,保持投资对经济增长的拉动作用;二要提高居民收入水平,进一步提高消费对经济增长的贡献率。扩大内需的一个重要内容是扎实推进新农村建设,走中国特色农业现代化道路,加快形成城乡经济社会发展一体化的新格局。

其次,发挥各种宏观调控政策的综合作用,减缓外部冲击造成的不利影响。在宏观调控中,要发挥各种调控政策的综合作用,积极抵御外部冲击的影响。目前存款准备金率较高,在通货膨胀压力趋缓时,有一定的调整空间。此外,利率、汇率、税率(包括出口退税率)都可以根据国内外情况变化及时做出调整。在财政政策方面要调整财政支出结构,通过适度增强政府投资力度,保证全社会总投资的必要水平。对技术含量高、市场前景好的中小企业要继续提供各方面的支持。

再次,加快转变经济发展方式,切实提高经济发展的质量和效益。在当前情况下,加快推进资源要素价格改革是转变经济发展方式的内在要求。应继续有步骤、分阶段地推进资源要素价格改革,进一步理顺价格体系,促进技术进步、节能减排和增产节约。国内 CPI 涨幅的回落,将为我国进一步理顺资源性产品价格,适时推出相关财税政策,并加快能源市场体系改革创造有利条件。逐步提高资源产品价格从长期看将有利于调整我国经济失衡的状况,有利于转变经济发展方式,有利于切实提高经济发展的质量和效益。

认识河南保持经济又好又快发展的有利条件

同全国一样,河南省经济运行中也出现了一些新的苗头性、倾向性问题,经济发展面临严峻考验。但我们所面临的困难仍然是发展中的问题。在充分估计面临的困难和问题时,更要看到经济持续快速发展的基本面没有改变。

一是所处的发展阶段没有改变。我国正处于工业化、城镇化加快推进的中期阶段,目前二、三产业占 GDP 的比重为88.7%,而世界平均水平是96.6%,发达国家平均为98.3%;我国的城镇化率是45%,不仅低于发达国家70%至90%的水平,而且低于世界平均水平。河南二、三产业比重为85.2%,城镇化率目前只有34.3%,就一般规律而言,这个阶段属于经济起飞阶段,工业化、城镇化快速推进,内在需求强劲。同时,我国是发展中的大国,回旋余地较大。经济即使出现一些短期波动,只要应对得当,国民经济在较长时期内仍会保持增长的总体趋势。

二是处于战略机遇期没有改变。和平与发展仍是当今世界的主题,经济全球化持续推进,世界范围内的产业结构调整和产业转移方兴未艾,这三个支撑战略机遇期的基本因素没有改变。当前世界经济困难,发达国家的经济结构面临新的调整,国际产业转移加快,从某种意义上讲,这也是我们开放、招商的机遇。

三是支撑发展的基本条件没有改变。经过改革开放30年的发展,支撑经济社会发展的交通、能源、通讯、城建等领域基础设施趋于完善,基础产业获得长足发展,基础支撑和资金实力大为增强。2007年,河南高速公路通车里程已达4556公里,居全国第1位,同时,新一轮高速铁路建设拉开帷幕,河南交通枢纽地位将进一步提升;发电装机达到4 069万千瓦,比2003年翻了一番多,居全国第6位;居民储蓄达到7 812亿元,各项存款达到12 576亿元;劳动力资源丰富,经济活动人口有5 806万人。当前沿海地区出口受阻、资源短缺、劳动力成本上升,发展优势减弱,而我省的区位、资源、劳动力等优势进一步凸显,发展的潜力和空间增大。

四是体制优势没有改变。我们已基本建立社会主义市场经济体制,既能发挥市场配置资源的基础性作用,又能履行政府调节经济的职能,适时实施宏观调控,发挥各项经济政策的综合效应,有效克服市场缺陷和应对突发事件的冲击,保持经济稳定增长。我们坚持党的统一领导,能够发挥政治优势,协调各方同心协力、应对挑战,具有较强的抗风险能力。

还要看到,河南经济发展尽管受到国际金融危机的影响,但在危机中也还存在着诸多保持经济又好又快发展的有利条件。

一是经济总量大,回旋余地大。2007年河南GDP位居全国第5位。庞大的经济总量为河南经济稳定发展奠定了雄厚的物质基础。而且,河南的投资、消费总量也较大,经济发展空间广阔。2007年河南全社会固定资产投资总额和社会消费品零售总额均居全国第5位。随着国家刺激消费需求的各项宏观经济政策的逐步到位,人民生活水平及家庭收入的提高以及消费环境的进一步改善,河南人口众多所形成的巨大消费市场优势将日益显现。

二是经济结构以内需为主,抵御市场波动的能力较强。当前,河南经济对外依存度低,无论是进出口贸易还是外商直接投资都远低于全国平均水平。河南经济以内需为主的结构特征决定了河南经济受国际金融危机的影响非常有限。从产业结构来看,作为农业大省,河南第一产业比重较大,受世界经济的影响较小,这种第一产业比重较高的产业结构决定了河南经济受到国际金融危机的冲击也相对会小一些。

三是工业化和城镇化加速推进,河南经济发展充满活力。目前,河南整体上处于工业化的中期阶段,工业化进程加速推进,工业经济增长潜力巨大,后发优势明显。同时,河南的城镇化进程也处于加速阶段,同样蕴藏着巨大的发展潜力。伴随着国家城乡统筹发展的重大举措,河南城镇化率必然加速提升,所激发的经济活力将进一步提升经济增长速度。

四是区位优势得天独厚,有效需求不断扩大。河南位于中部腹地,有着承东启西、连南贯北的得天独厚的区位优势。在当前国际市场需求减少、积极扩大内需的政策环境下,河南的这一区位优势将带来巨大的发展优势。一方面便于承接东部沿海地区产业和资本的梯度转移,迅速接受其示范和辐射效应;另一方面有利于将中西部地区发展成为河南的潜在市场,予以大力开拓。而且,河南独特的区位交通优势,也带来了巨大的人流、物流,不仅形成了巨大的消费和投资需求,而且也汇集了庞大的资金流量,为河南经济注入了活力。

五是劳动力成本低的优势更为明显,企业的成本压力得到舒缓。河南丰富且廉价的劳动力资源,形成河南经济发展低廉的成本优势,有利于提高河南企业的竞争力。在当前经济面临调整的压力下,这种低成本优势一方面有利于降低企业的经营成本,增强河南企业的竞争力;另一方面,对于承接发达地区资本和技术转移,保持河南经济稳定发展也具有重要的现实意义。

按照中央总体部署和总要求做好河南的工作

应对金融危机,做好河南的经济工作,关键是要做到以下几个方面:

第一,头脑要清醒。

要清醒认识这场危机的严峻性,既要看到这场由美国次贷危机引发的金融风暴,具有来势猛、时间长、波及广、危害深四个特点,还要看到目前危机还在继续朝着四个方向蔓延,一是由金融层面向经济社会发展层面蔓延;二是由虚拟经济向实体经济蔓延;三是由少数发达国家向全世界蔓延;四是由浅层次破坏向深层次影响蔓延。要清醒认识中央决策部署的重要性。中央采取的应对这场危机的一个总要求、两大政策调整、10项措施和4万亿元的投资规模,非常重要、非常及时。可以说,目前中国在这场危机中受的影响是最小的,而采取的应对措施的力度是最大的,方向和决策都是正确的,表明了我们党领导经济工作的能力是很强的,制定的措施抓住了要害、抓到了实处。要清醒地认识国情省情的特殊性。从我国的情况看,美国是这场危机的爆发地,我国是这场危机的影响地,情况不一样;我国经济运行体系和美国也不一样,我国经济全球化程度不高、市场化不足,但是宏观调控的能力却相对较强。从我省情况看,我省与沿海发达地区的情况又不一样,我省的对外开放慢半拍,加之产业结构、资源条件和发展基础和其他省也不一样,受危机的影响就稍显迟缓,我们必须未雨绸缪、积极应对。

第二,态度要积极。

要在应对挑战中抓住机遇。当前我们至少面临这样几个大的机遇。一是国家采取重大政策的机遇。国务院出台了以1.18万亿元投资刺激经济的方案,其中2008年底前要向各地新增1 000亿元投资。我们要认真谋划、做好工作,既要抓住2008年最后一个季度新增1 000亿元投资的机遇,也要抓住全社会投资4万亿元的机遇。二是市场空间扩大的机遇。全球性的市场经济运行出现了问题,对企业、地区、国家来说,都面临着市场份额的重新洗牌,这恰恰是我们在洗牌过程中占据有利位置、占领更多市场的一个好机会。三是产业结构调整和转移的机遇。相对而言我省的产业是多样化的,产业之间比较平衡,这是我们抗击危机的重要条件。我们要好好研究,充分利用这个机会,加大力度调整产业结构,加大力度承接和推动产业转移,进一步推动产业结构优化升级。同时要加强研究,从这场危机给河南造成的影响来分析我们在贯彻落实科学发展观方面还要注意什么问题、解决好什么问题。四是锻炼考验应对危机能力的机遇。市场经济发展过程中难免遇到或大或小的危机,这场危机对我们来说既是一次考验,也是一次锻炼,为各级党委、政府和企业有效应对危机、进一步提高驾驭市场经济的能力提供了机遇。因此,要在有效调控中把握主动。目前经济形势复杂多变,一着不慎就会全盘皆输。我们只有加强运筹帷幄,准确科学、及时有效实施调控,才能在调控中牢牢把握主动权。要在科学发展中转变方式。要充分利用总量矛盾缓解的机遇,大力调整产业结构,积极推进节能减排,发展循环经济,推进产业技术进步,不断提高自主创新能力。

第三,措施要有力。

目前,我们已制定了一些应对金融危机的措施,但还要进一步细化、具体化,增强针对性和时效性。具体来说,制定措施要像抢救病人那样,做到求准、抓早、管用、有效。求准,就是要对症下药,制订的方案要对上路子、与实际相符合、真正解决问题,增强措施的针对性,不能在抢救病人的过程中,该打强心剂时却给吃了消炎药。抓早,就是早动手、早安排,决不能错过了病人的抢救时间,失去了渡难关、求发展的机会。管用,就是要有立竿见影的效果,使投下的钱真正能够产生效果,能够拉动市场,能够增强信心。有效,就是坚持出实招、求实效,制定实实在在的措施,力戒大话、套话,力戒空招、虚招,确保各项措施能够切实有用,能够落到实处、取得实效。

当前,尤其要认真研究分析中央的政策措施,加快对接,在中央的 10 项措施里面找资金找项目找落脚点,能抓住的一定要抓住。要加大工作力度,抓紧落实。要深入贯彻落实科学发展观,坚持解放思想,改革开放,科学发展,把"防冷消滞、保暖促长"作为当前经济社会发展的工作方向和政策原则,积极灵活,顽强坚定,智渡难关,千方百计打赢这场"扩内需、保增长"的硬仗,顺利度过经济"严冬"。

第四,领导要加强。

各级党委、政府要加强应对金融危机的组织领导。其一要把具体的应对举措制定好。其二要切实关注民生问题,尤其要注意新失业人员的帮扶工作,解决好就业问题。其三要维护稳定。要关注停产企业、下岗职工的生产生活问题,拿出具体办法,体现出党委和政府的关怀。要做好正确的舆论引导,积极宣传党委、政府采取的应对举措,正确引导在危机中出现的各种经济社会问题。其四要正确处理好当前学习实践科学发展观活动、"新解放、新跨越、新崛起"大讨论活动和应对这场金融危机的关系问题,搞好活动来积极应对当前挑战,在应对挑战中提高学习实践活动的质量、提高领导科学发展的能力。

要 点 提 示

——中原城市群对河南经济的拉动作用日益明显，已成为河南经济发展名副其实的核心区，中原崛起的隆起带。

——从"群"的角度看，中原城市群是中部地区经济总量最大的城市密集区，其引力和扩散能力最强。

——努力促进中原城市群又好又快发展，进而形成整体优势和强大合力，在中原崛起和中部崛起中发挥更大的作用。

"钻石"璀璨耀中原

——推进中原城市群又好又快发展

在党的十七大报告中,胡锦涛总书记指出:要遵循市场经济规律,突破行政区划界限,形成若干带动力强、联系紧密的经济圈和经济带……以增强综合承载能力为重点,以特大城市为依托,形成辐射作用大的城市群,培育新的经济增长极。这是"城市群"概念首次出现在党代会的报告中,而河南省委、省政府关于实施中原城市群发展战略的构想,与十七大精神是完全一致的。

中原崛起的隆起带

改革开放以来,我国已经形成了以上海为中心的长江三角洲城市群,以广州、深圳为中心的珠江三角洲城市群和以北京、天津为中心的京津冀城市群,带动了东部乃至全国的经济发展。

与此同时,在中原地区,一个以郑州为中心、涵盖周边八个城市的"中原城市群",也正以强劲的发展势头逐步崛起。

中原城市群土地面积5.87万平方公里,人口3950万,占河南全省土地总面积的35.3%,总人口的40.3%。从空间形状上看,中原城市群是以郑州为中心,以洛阳、济源、焦作、新乡、开封、许昌、平顶山、漯河等八个中心城市为节点构成的紧密联系的经济圈,其形状宛如一颗璀璨的钻石镶嵌在中原大地。

经过多年的发展,中原城市群已经具备相当实力的产业基础:郑州、洛阳、焦作、平顶山是我国中西部地区重要的能源、原材料和装备制造业基地;新乡、开封、许昌等城市轻纺、电子工业基础较好;漯河、郑州食品工业实力较强。区域内信息产品制造业、汽车制造业、生物工程等新兴产业发展潜力巨大。良好的产业基础为中原城市群九城市间实现产业融合、优势互补提供了现实的可能。

目前,以区域经济整体发展为目标的中原城市群建设已初显成效。区域内各城市发展势头强劲,经济联系日益紧密,基本形成了以郑州为中心、一个半小时通达任一城市的快捷交通网络;2007年城镇化率达到43%,高于全省8.7个百分点;生产总值超过8 581.6亿元,占全省总量的57%;实际利用外商直接投资23.65亿美元,占全省的77.2%;实现地方财政一般预算收入544.3亿元,占全省的63.2%;规模以上工业企业利润1 274.69亿元,占全省的65.1%。

中原城市群连续多年经济增长速度高于全省平均水平,对河南经济的拉动作用非常明显,已成为河南经济发展名副其实的核心区,中原崛起的隆起带。

争做中部崛起的领头羊

2006 年 4 月,中央下发了中部崛起的纲领性文件——《中共中央、国务院关于促进中部地区崛起的若干意见》。文件指出:以武汉城市圈、中原城市群、长株潭城市群、皖江城市带为重点,形成支撑经济发展和人口集聚的城市群,带动周边地区发展。这标志着在经历了多年坊间热议、学界论争之后,包括中原城市群在内的中部地区四大城市群正式进入了国家宏观发展战略的视野。

此前,获得国家宏观层面认同和规划的城市经济圈(经济带)是长江三角洲地区、环渤海经济圈、泛珠三角地区以及成渝经济圈,均为跨省(市)区的"大块头",在中国经济版图中举足轻重。而中原城市群、武汉城市圈、长株潭城市群、皖江城市带这四个中部地区的城市群,均属于一个省内的"次区域"。这些"次区域"战略地位升格,直接进入国家发展规划,既是中央对各省战略决策的尊重、对各城市群发展成果的肯定,更重要的是表明了中央对以城市群发展带动并加速中部崛起这一路径的鼓励、引导和支持。

在中部这几个城市群中,中原城市群的表现引人关注。中原城市群北依京津,南联江汉,西牵关中千里沃野,东接长三角经济龙头,是全国最重要的铁路、公路、航空、邮政、电信等交通通讯枢纽之一,也是全国重要的粮、棉、油、畜牧生产基地和能源矿产、重化工业、食品纺织、商贸物流等产业基地,西气东输、西电东送、南水北调等多项关系国计民生的重点工程都与这里有着密切的联系。特别是伴随着我国高速公路网、高速铁路网的建设和航空运输网的完善,中原城市群作为国家交通运输枢纽的区位优势将更加凸显。

近年来,中原城市群坚持以科技创新引领产业结构调整,以工业结构调整为重点促进产业结构优化升级,在继续用高新技术和先进适用技术改造传统产业的同时,有重点地发展高新技术产业。科技创新有力地推进了中原城市群产业结构升级,促进了优势产业和支柱产业发展:装备制造业总体水平全面提升,基础装备向数控化、系列化方向发展,专用设备向大型化、成套化方向迈进,郑洛工业走廊先进装备制造业聚集区建设加快推进。原材料工业向高加工度方向发展,石化工业向装置大型化、炼化一体化方向推进。积极实施重点企业技术改造示范工程,提高传统产业的设计、制造、装备和管理水平,引导其向深加工、精加工、高技术、高效益、低消耗和低污染方向发展。此外,中原城市群还大力鼓励发展现代服务业,改造提升传统服务业,郑州物流基地等一批服务业项目建设进展迅速。农业产业化进程加快,特色效益农业、都市型农业和生态效益型农业发展迅速,农业结构也得到了优化调整。

据权威机构最近依据9个指标体系35个指标对全国15个主要城市群的竞争力进行评价,中原城市群综合竞争力指数位居第7位,竞争力位居中部四大城市群之首,已经成为在全国最具成长性的城市群之一。而国家统计局河南调查总队对中部四大城市群经济社会发展水平综合评价的结果亦显示中原城市群位居第1位。另据专家分析,从"群"的角度看,中原城市群是中部地区经济总量最大的城市密集区,这意味着作为一个"群",中原城市群在中部地区质量最大,其引力和扩散能力最强。

中部地区被定位为我国"三大基地一个枢纽",即粮食生产基地、能源原材料基地、高技术产业及现代装备制造基地和综合交通运输枢纽。中原城市群的先天优势与后天努力将使其成为中部地区建设"三大基地一个枢纽"最重要的载体,在发挥承东启西和产业发展优势中引领中原崛起,并有望成为中部地区参与国内外竞争、辐射带动中西部地区发展的重要增长极。

全力打造现代化的内陆都市圈

中原城市群尽管已经取得不俗的成绩,但还要清醒地认识到中原城市群仍然处于发展的起步阶段,中心城市辐射带动能力还不够强,区域发展的协调性还比较弱,可持续发展压力较大,在经济全球化和区域经济竞争日益加剧的形势下,必须进一步增强紧迫感,积极谋划,顺势而为,乘势而上,努力促进中原城市群又好又快发展,进而形成整体优势和强大合力,在中原崛起和中部崛起中发挥更大的作用。

强力打造中原城市群的龙头城市。要用特殊的思路,采取特殊的举措,在中原崛起和中部崛起的大格局中发展"大郑州"。以建设郑东新区为契机,强力扩张郑州的人口及经济规模。继续坚持"拉长工业短腿"的方针,积极改造提升传统产业,做大做强高新技术产业;大力发展现代物流、会展、金融、信息等现代服务业,增强经济实力和辐射带动能力。全面提升郑州的城市综合服务功能,充分发挥其区域性经济、信息、科技、教育和文化中心的作用,使之成为在我国中部具有较大影响力的国家区域性中心城市,成为中原城市群发展的龙头,成为全省先进制造业和高新技术产业基地、现代服务业中心、现代农业示范区及经济社会的核心增长极,对全省乃至中部地区经济社会发展起更强的示范、辐射和带动作用。

重点构建中原城市群大"十"字形核心区。按照重点突破、逐步拓展的原则,首先形成以郑州为中心,东连开封、西接洛阳、北通新乡、南达许昌的大"十"字形核心区。在继续推进郑汴一体化的同时,加快郑(州)洛(阳)互动发展,打造郑洛之间的快速通道;加快促进荥阳、上街、巩义、偃师等重要节点城市(区)发育;继续大力培育铝工业、石化工业、先进制造业、轻纺工业等特色产业集群,深入展开郑洛之间的产业布局。促进郑(州)新(乡)呼应发展,拓展郑州向北发展的通道;加快原阳桥北新区建设;建设新乡化纤工业基地和造纸工业基地,培育新乡电池、原阳汽车零部件等特色产业集群,逐步展开郑新之间的产业布局。密切郑(州)许(昌)经济联系,建设郑许之间快速通道;促进新郑、长葛等重要节点城市发育;加快实施郑许之间的产业布局规划,建设以电子信息、电力装备制造为主的高新技术产业基地,培育形成长葛铝型材加工、超硬材料等一批特色产业集群。

深入推进中原城市群一体化发展。以市场机制为主导,将一体化的着力点放在充分发挥企业的主体作用、完善市场机制上来,完善以生产要素市场为重点的资源配置机制,优化创业发展环境。同时,继续推进政府职能创新,重建各市政府竞争秩序,形成行为规范、运转协调,公正透明、廉洁高效的行政管理体制。政府职能要逐步从直接管理企业转向提供公共产品和公共服务、处理公共事务、满足公共需求、实现公共利益上来,消除地方保护主义,减少政府对企业经营和发展的干预,进一步清理政府审批事项,简化审批程序,建立集中快速的审批通道;加快推进电子政务,提高公共政策和公共管理的透明度;强化全社会的信用意识,规范市场主体的信用行为,建设诚信城市;循序渐进地建立中原城市群统一的财政体制、社会保障体制、土地流通体制和政绩考核体系。

着力提高中原城市群综合承载能力。转变经济发展方式,加快推进中原城市群经济增长由主要依靠投资拉动向依靠消费、投资、出口协调拉动转变;由主要依靠第二产业带动向依靠一、二、三产业协同带动转变;由主要依靠增加物质资源消耗向主要依靠科技进步、劳动者素质提高、管理创新转变。创造良好的经济发展环境,为各类企业的发展搭建一个公平竞争的平台,特别是要重视中小企业发展,培育区域发展的内生力量,以进一步增强经济活力,提供更多的就业岗位。大力发展循环经济,努力形成节约能源资源和保护生态环境的生产生活模式,建设生态文明。统筹考虑经济布局、就业岗位、人口居住、资源环境以及现有开发密度和发展潜力等因素,逐步形成布局合理的城市化空间格局。科学把握城市功能定位,切实做好城市规划工作,按照自然资源环境条件来谋划城市发展。加强城市交通、水电、通信、住宅及教育、科学、文学、艺术、卫生、体育等基础设施建设,完善服务功能。更新城市管理观念,从重建设轻管理转变到建设和管理并重,进一步提高城市建设和运行的效率。

要 点 提 示

——郑东新区从一幅宏伟的蓝图变成一座崛起的新城,其建设规模、建设速度、建设质量、建设水平在河南历史上前所未有,已经成为河南省会郑州乃至河南的亮丽形象和标志。

——郑东新区走出了一条不同于国内其他新区的发展模式,其独树一帜的发展模式主要体现在决策模式、规划模式、开发模式、招商模式和管理模式等方面。

——郑东新区"十年建新区"目标定位是,成为全省科学发展的示范园,社会和谐的首善区,改革创新的试验田,对外开放的排头兵,跨越发展的先行者。

郑州发展看新区

——由郑东新区谈创新城市发展模式

"中原崛起看郑州"。2004 年末,河南省委书记徐光春履任后就提出这样的要求。而最能体现郑州崛起的,则是正在建设中的郑东新区。从 2003 年至今,5 年的时间,郑东新区就实现了从无到有、从小到大的快速发展,全面完成了"三年出形象、五年成规模"的目标任务,一个特色鲜明、环境优美、功能完善、富有魅力和活力的水域靓城展现在世人面前。郑东新区的开发建设改变和提升了河南和郑州的形象,影响和推动了城市规划设计与国际接轨,同时郑东新区在城市发展模式上的大胆创新,也引起了社会各界的广泛关注。

中国最具投资价值 CBD

2002 年 7 月,在世界建筑师联盟年会上,郑东新区远景概念规划获得了首届"城市规划设计杰出奖"。在 2007 年 9 月第四届国际金融论坛"中国最具投资价值 CBD"的评选中,从几十家参选单位中脱颖而出,荣获"中国最具投资价值 CBD"称号。CBD 三大标志性建筑之一的国际会展中心,曾获得中国工程质量最高奖——"鲁班奖"、中国土木工程科技创新最高奖——"詹天佑奖"、全国建筑工程装饰最高奖——"装饰金奖"、中国会展业展馆"新锐奖"等国内近 20 项大奖。

到 2007 年年底,郑东新区建成区面积达到 50 余平方公里,累计完成固定资产投资 506.4 亿元,开工项目 191 个,在建和建成房屋面积突破 1 700 万平方米,入住人口突破 22 万人。CBD 累计引进项目 70 个,其中 67 个开工建设,内外环 34 栋高层投入使用。15 家省级金融机构、30 余家企业总部已经入驻办公。CBD 三大标志性建筑有 2 个已全面完工,投入使用。道路工程累计完成投资 32.8 亿元,累计开工建设道路 241 公里,实现通车里程 208 公里,陆续开通公交线路 28 条。桥梁工程累计完成投资 10.6 亿元,36 座桥梁具备通车条件。建设城市公园 33 个,规划绿化率达 49.66%,完成了近 29.6 公里的河道整治。有 20 多所学校实现招生,10 多个医疗卫生网点投入运行,120 余家餐饮业和 150 余家商业店铺相继营业。

CBD 内的郑州国际会展中心投入使用以来,借助良好的硬件设施和郑州区域性中心城市的辐射带动力,取得了显著的成效。据统计,从 2005 年 10 月投入使用到 2008 年 4 月,郑州国际会展中心先后承办了 150 余次大型展览和会议,共销售展览面积 963.28 万平方米,接待国内外各界来宾和会议人数约 249

万人次。国际会展中心展览规模屡创新高,举办第 2 届中国中部地区投资贸易博览会、第 13 届郑州全国商品交易会、第 10 届亚洲艺术节等许多有规模、有影响的展会,促进了经济发展,仅 2007 年就带动其他相关产业收入 70 亿元以上,占据了中部会展业发展的制高点。

CBD 内的金融保险业聚集效益明显。2007 年,在 3.45 平方公里的环形 CBD 内,包括中国农业银行、新华人寿保险、平安保险、中银保险等 15 家金融保险业的河南分部进驻。另外还有香港汇丰银行、新加坡星展银行、日本瑞穗实业银行、阳光财险等 17 家机构正在与郑东新区管委会接洽。优势金融资源的快速集聚给郑东新区经济发展带来了新的活力,CBD 正在发展成为金融机构集中,影响力、辐射力较强,各种服务体系完备的金融聚集区。CBD 的总部经济也初具规模。目前已经有深圳航空、万达期货、白象集团、三菱重工、康佳集团、外运发展、金山化工、大唐电力、中石油河南分公司、河南中烟工业公司、郑州移动公司、郑州粮食批发市场、华中棉花交易市场等一批企业总部进驻 CBD。

5 年来,水域靓城的魅力吸引了国内外众多参观者访问和观光。境内外近 14 万人、6 000 批次、30 多个国家、32 个省、自治区、直辖市,380 多个城市考察团曾到郑东新区参观学习,包括吴邦国、贾庆林、曾庆红、李长春、李克强、贺国强、周永康等多名党和国家领导人到东区视察。作为国内新城开发样板的上海浦东新区也曾组织代表团来郑东新区进行参观考察。路透社、中国中央电视台、澳大利亚电视台、日本 NHK 电视台、英国广播公司、韩国广播公司、台湾中视、香港亚视、凤凰卫视等国内外知名媒体也纷纷来访,并对郑东新区的建设成就及崭新形象做了大量宣传报道,极大地提高了郑东新区和郑州在国内外的知名度和美誉度,东区的影响力辐射力不断增强。

郑东新区从一幅宏伟的蓝图变成一座崛起的新城,其建设规模、建设速度、建设质量、建设水平在河南历史上前所未有,已经成为河南省会郑州乃至河南的亮丽形象和标志,是一张现代河南的新名片。

规划新理念新模式

郑东新区取得惊人的成就,得益于创新。郑东新区走出了一条不同于国内其他新区的发展模式,其独树一帜的发展模式主要体现在决策模式、规划模式、开发模式、招商模式和管理模式5个方面。

在决策方面,坚持科学决策、民主决策、集体决策、依法决策。这种决策模式贯穿于郑东新区的选址、规划、筹建、管理等全部过程之中,使郑东新区的建设发展思路由模糊到明晰,由概念到实践。郑东新区最初定名为港澳新城,只在原来老军用机场的基础上建设一个面积约10平方公里的城区,而且也没有突破传统的"摊大饼式"的城市扩张模式。时任河南省省长的李克强在两次听取郑州市的汇报后,明确指示要运用市场经济手段"高起点、大手笔、重新规划郑东新区"。后来经过多次讨论研究,决策层最终确定了郑东新区的规划范围。郑东新区在规划建设与管理的决策上非常重视发挥专家作用,尊重科学规律,尊重专家意见,重大决策、重大活动、重大会议都要邀请专家参与,重大的项目更是多次召开高质量、高水平的专家论证会、评审会;专家们也深入实际、深入研究,敢于说话、善于说话,科学地论证,引导政府做出科学决策。"这是我对郑州人民、郑东新区整体规划、科学决策表示的敬意。"2007 年 12 月 12 日,郑东新区"五年成规模"专家研讨会上,参与新区规划与建设的北京工业大学韩林飞教授深鞠一躬之后如是说。从中可以看出,郑东新区的谋划决策得到了社会各界的肯定和赞扬。

在规划方面,坚持国际招标、专家评审、群众评议、立法确认。郑东新区是河南历史上迄今为止第一个通过国际招标,按照现代国际化城市标准进行整体规划的城区。为了保证郑东新区规划体现新世纪、新郑州、高起点、高品位的要求,郑州市遵循国际通行惯例,对郑东新区远景总体概念规划采取国际招标的方法进行。郑州市先后向 20 多家国际知名的规划设计单位发出邀请,经多方考察,最后选中澳大利亚 COX 集团、美国 SASA-KI 公司等 6 家单位参与竞争。然后聘请国内外著名规划专家组成评议委员会,对 6 家单位的规划进行评审,最终日本黑川纪章方案以其独具魅力的设计脱颖而出。后将此规划方案放在升达艺术馆展出 1 个月,让广大市民参与讨论。同时召开不同形式的座谈会,听取社会各界人士的意见。根据调查问卷结果,赞成国际招标的占 94%,认为方案符合郑州实际、有可行性的占90%。专家的研究结果和市民的意见高度吻合,可以看出这个规划有广大市民的参与并得到了好评。最后郑州市委常委会和市四大班子联席会进行讨论，市人大常委会以法规性文件对郑东新区规划予以确定，确保新区规划建设不受领导换届的影响，将按照规划目标一张蓝图绘到底。国际招标保证了郑东新区规划的超前性和高起点、高品位，专家评审保证了规划的科学性、严谨性，群众评议保证了规划的实用性，立法确认则保证了规划的权威性。

　　在开发建设方面，坚持政府引导、市场运作、自求平衡、良性循环、滚动发展。按照设计方案，打造郑东新区，据估算投资应在2 000亿元以上。但郑东新区在开建之初，由于受国家经济宏观调控政策的影响，发展便受制于资金的短缺。当时郑东新区建设的启动资金只有10.5亿元，显然，重建一座城市，这些资金远远不够。要想筹集足够的资金，就要走市场化的路子。2004年8月，新区CBD商务区内环的一块地以265万元/亩的天价被成功拍卖。就是这个被称为"郑州第一拍"的行动，为新区建设和运营做出了原创性探索。之后，所有经营性土地，全部实行"招拍挂"。拍卖土地带来的收益，为新区建设发展提供了厚实的资本。然后通过借贷融资，首先启动核心区，先后融资100多亿元完善基础设施、美化城区环境。栽下梧桐树，引得凤凰来。一批有实力、有诚意、带动力强的企业被吸引前来创业发展。同时，管网、广告、污水处理等城市资源，交由公司市场化运作，管理部门只负责监督和考核。目前，郑东新区已投入的建设资金中，社会资金已占到70%以上。中共中央政治局常委、全国人大常委会委员长吴邦国在郑东新区视察时曾着重提道：

"以原来老机场为本钱通过市场化运作的方式进行开发,不但郑东新区建设起来了,整个城市建设也活了。"郑东新区通过土地经营支撑城市建设,做到收支平衡,从而实现良性循环,滚动发展。

在招商方面,坚持多种招商形式相结合,根据不同阶段,采取不同策略。在建设初期主要通过多种优惠政策,主动上门招商。奔赴海内外,到日本、德国、北京、厦门等多地举行大规模的招商推介会。招商的侧重点是基础设施、汽车制造、医院零售、物流、房地产开发、IT、娱乐、旅游等方面。后来就大力开展各种形式的招商,如网络招商,专业招商,代理招商,委托招商,以商招商等,通过参加洽谈会和举办博览会等方式,招商也由"引资"向"选资"转变,重点引进有实力、有税源的大项目。进入新区的企业必须符合郑东新区开发建设的实际、技术含量高、产业链条长、带动作用强等特点。同时,招商也向优化环境、规范服务转变。成立郑东新区招商服务中心,配备有一流的翻译和接待人员,主要负责中外投资者的接待、项目介绍、政策咨询、合作洽谈,为投资者联系、提供实地考察、翻译、文印、交通、食宿等服务,让外来投资者全面、详细地了解郑东新区,为郑东新区的招商引资提供全方位服务,使郑东新区能以优良的投资环境吸引项目,留住项目,从而营造"亲商、安商、富商"的氛围。

在管理方面,坚持规划先行,建管并重,创新服务,动态管理。在组织上,建立了市级建设领导小组和郑东新区管理委员会,作为新区建设的议事决策机构,采用召开领导小组全体会议、现场办公会等形式,商议、协调、解决新区建设过程中的重大

要 点 提 示

——党的十七大报告首次提出了"创造条件让更多群众拥有财产性收入"。财产性收入,不仅意味着对财富的拥有,更意味着对美好生活的向往与追求。

——中国居民财产性收入增长的潜力很大。随着国民经济快速发展,投资渠道的拓宽,居民财产性收入的增速将进一步加快。

——让更多群众拥有财产性收入,既要做大、做好"蛋糕",又要切好、分好"蛋糕"。

开启为民创富新时代

——让更多群众拥有财产性收入

郑州一家保险公司的职工张女士，从刚刚开始工作时就很重视理财。刚开始时工资每月剩余很少，但她仍然每个月拿出一定数量的工资买基金，后来赚了些钱，就开始从事数额较大的证券交易。这样若干年积累下来，她已经靠证券投资赚了28万多元。2005年，张女士又在郑州买了套房子，到现在房价已经由买时的2500元/平方米，涨到了5000元/平方米，投资收益率50%。

胡锦涛总书记在党的十七大报告中首次提出"创造条件让更多群众拥有财产性收入"，曾引起国内外广泛关注。从"让一部分人先富起来"，到"让更多群众拥有财产性收入"，充分说明了经过30年改革开放的发展历程，中国已经进入了财产性收入的大众化时代。

一个全民理财时代正在到来

财产性收入占国民可支配收入之比例,是衡量一个国家国民富裕程度的重要尺度。孟子说:有恒产,才有恒心。历史经验证明,民生殷富是衡量太平盛世的重要尺码。没有民生殷富,难有太平盛世。因此,党的十七大旗帜鲜明地提出"创造条件让更多群众拥有财产性收入",就是旗帜鲜明地鼓励更多普通百姓的家底厚起来,让中等收入群体成为社会的主体。如果说改革开放头20余年的发展中,老百姓的富裕,生活水平的提高,主要表现在工资增长上的话,那么今后人们生活改善,社会富裕程度提高,将更多地表现在财产的增加上。这是未来中国经济社会发展的一个大趋势。

党对公民财产性收入的明确支持态度,表明我们党对富民认识的不断深化。党的十七大报告首次提出了"创造条件让更多群众拥有财产性收入",以实现具有深远意义的富民强国战略目标。新华社文章分析说,这句话中的每一个词汇都具有新意:"创造条件"是指多拓展渠道、多提供机会;"更多"意味着覆盖面更广;"群众"就是咱老百姓;"拥有"就是合理合法拥有;"财产性收入"是指各方面的财富,涉及诸多金融理财方式。整句话连在一起的意思就是:"让老百姓的财富保值增值,让老百姓拥有更多的财富。"

如果时光回到二三十年前,我们可能都无法完整理解"财产性收入"的含义。那时候,大多数人都为温饱而担忧,脑子里没有房子、汽车、股市、楼市、基金的概念。那时候,城市里大多数人的主要收入是工资性收入,银行里的存款少得可怜,更没几个人敢贷款"花明天的钱,享受今天的生活"。

但现在一切都发生了巨大的变化。股市、楼市、基金、收藏品市场日趋健全,变化不定的股市、楼市让人躁动不安,无论是国家还是个人的财富都呈现出爆发性增长,每个人都想让钱生出更多的钱。如果说与住房制度改革同时起步的住房按揭贷款,让中国人接受了"花明天的钱,享受今天的生活"的观念,那么股市、楼市变化不定的景象,让银行储蓄向投资领域的大搬家,最大的意义并不在于指数和市值的不断变化,而是它正彻底改变过去中国人对于财富的态度:钱不一定要都放在银行里,钱可以生钱——一个全民理财时代正在到来。

从新中国成立至今,我国财产性收入经历了以存款获利息、"各种财产要素参与分配,其所有者获得相应财产性收入"、"创造条件让更多群众拥有财产性收入"等主要发展历程,财产性收入由最初的模糊、时隐时现,到今天明确的合法定位,表明"创造财富主体的人民财富增长了,国家才能真正富强起来"的理念已成共识。

基于居民财富逐步累积、财产性收入快速而不均衡增长的背景而提出的"创造条件让更多群众拥有财产性收入",是对财产性收入的承认和肯定,有利于防止财富在积累过程中向少数人集中;预示着财产性收入增加的路径由"少数人拥有"发展为"更多群众拥有",彰显了财产性收入的普惠性和生命力;体现了国强,更是为了民富,其重要意义十分深远。

首先,有利于社会的和谐发展。在追求和谐的过程中,贫富分化是一只拦路虎。国家倡导大力发展财产性收入,注重居民投资事务,使收入资本化;创造条件让百姓参与到经济发展当中,在劳动报酬之外,有机会分享经济事务的总成果,获得更多幸福感,无疑是遏制贫富分化、实现社会和谐的有效途径。

其次,有利于社会主义市场经济体制的发展与完善。十七大提出的"创造条件",涵盖了创造良好的政策条件、市场条件和完善相关市场监管等多方面内容。随着国家在各个投资领域条件的不断完善,民众将更方便地介入其中,安全、放心、明白地拥有财产和赚取财产性收入,一个多赢的结局自然水到渠成。

再者,有利于造就更多的中等收入者,增强社会的稳定性与和谐性。鼓励更多群众拥有财产性收入,在一定意义上,有利于增加中等收入者比重,使社会结构趋于橄榄形的合理分布;而愈益壮大的中等收入者是拉动消费的重要力量,整个经济的消费结构将处于较为合理的阶段,从而有利于我国经济的健康发展和社会的稳定与和谐。

财产性收入开始走进千家万户

自改革开放以来,中国经济得到快速发展,老百姓也积累了越来越多的财富。国家统计局表示,中国居民财产性收入增长的潜力很大,随着国民经济快速发展,投资渠道的拓宽,百姓财富的增加,居民财产性收入在这几年增速非常快。

改革开放以来,中国经济快速发展,老百姓也积累了越来越多的财富。随着社会的发展进步,群众的劳动收入在增长,财富也在劳动中不断增长。当年计划经济时期,"一大二公",谈"私"色变,除了少量私人存款,老百姓多数没有财产性收入。过去我们还有一个观点,认为劳动所得是正当收入,按资(财产)分配是剥削。除了存款利息被认为是鼓励性报酬,一切财产性收入都视为非法。现在,财产性收入已经成为老百姓一个重要的收入形式。提出让更多群众拥有财产性收入,既是保护群众私产,又是鼓励百姓拥有更多财产性收入,富有积极意义。

十七大报告在强调着力提高低收入者收入的同时,强调增加财产性收入,深刻显示出决策层对谋求人民幸福、实现社会和谐的高度关切。对每一个社会成员而言,公平正义十分重要;而在公平正义的环境中赢得竞争的胜利,则是一份更大的骄傲与自豪,这也是人们对财产性收入尤为关注的原因。因为财产性收入,不仅意味着对财富的拥有,更意味着对美好生活的向往与追求。

从内在逻辑构成看,财产性收入的增长具有三重内涵。首先,先有财产,才有财产性收入。财产基石和法律基石是财产性收入的两大基石。《中华人民共和国宪法》关于私人财产权的规定、《物权法》的通过及资本市场有关法律的不断完善,为财产性收入提供了法律基石;设法提高广大低收入者的收入水平、增加并保护中等收入者的收入则为财产性收入的增长提供了财产基石。其次,帮助人们形成合理的观念来获得财产性收入。

中国的财富版图正在经历一个深刻的调整,资本收入对国民收入的贡献越来越重要,广大民众应认识并参与到资本市场中来,在国际化视野下树立动态的、合理的财富观念。再者,为人们获得财产性收入创造条件。财产性收入主要来自于房产、股票、基金等。因此,把目光聚焦到资本市场上,根据市场需求,提供多样化的金融产品;鼓励、支持优质的上市公司上市;加强监管、拓宽投资渠道,以期为人们的财产转化为财产性收入创造条件。

基于此而提出的"创造条件让更多群众拥有财产性收入"彰显了决策层了解民情、顺应民意;"创造条件"是前提,意味着政府将多元化地拓展渠道、提供更多的平台机会增加居民财产性收入;"更多"意味着此举措的覆盖面和受惠面更宽广;"群众"意味着受益的对象是普通老百姓;"拥有"意味着居民合情合理合法地拥有财产性收入;"财产性"意味着各个方面的财富,涉及诸多金融理财方式等。从总体上看,这是一项惠民政策,也是财富增值的重要途径。国外财富增值的一个重要途径就是增加广大民众的财产性收入,如美国许多家庭通常以层次化的方式参与保障性、积累性投资,法国政府一直以减税、抵扣等优惠政策鼓励民众购买房产出租,阿根廷则通过调整个人资产税,使中低收入阶层积累更多个人财富,同时加重高收入阶层的税负,以缩小社会贫富差距。

目前,在我国,财产性收入是人均可支配收入中的一小部分。家庭拥有的动产(如银行存款、有价证券)和不动产(如土地、房屋、车辆、收藏品等)所获得的收入,出让财产使用权所获得的利息、租金、专利收入,财产营运所获得的红利收入,财产增值收益所产生的收入等,均可视为财产性收入。财产性收入在我国国民收入中比重虽小,但却具有极大的发展潜力。近年来,部分人已从股市、楼市等的增值效应中,领略了财产性收入的魅力。有关调查显示,在居民的收入中,财产性收入已成亮点。居民的投资意识不断增强、投资领域不断拓宽、投资渠道逐步增多,使得城市居民财产性收入快速增长。

可见,决策层和普通民众已开始突破原有观念的束缚,财富理念发生了变化,"人民是创造财富的主体、民富才能国强、先有财产才能有财产性收入"等新的财富理念正在形成中。保护个人尤其是弱势群体的财产,为其拥有财产性收入创造条件;清晰界定个人财富的产权并创造合适的金融市场以使"财富"通过市场方式产生未来收入流,而收入花不完、用不尽时,剩余部分一定会转化为财产,拥有财产后,存到银行有利息,买股票有红利,买房出租有租金,自然就拥有了财产性收入。这种财产、财富理念正在践行中,财产性收入已开始走进千家万户。

如何才能增加百姓财产性收入

让更多群众拥有财产性收入,既要做大做好"蛋糕",又要切好分好"蛋糕"。坚持从整体上调节国民收入分配格局,只有生产力发展了,才能为缩小收入差距、实现共同富裕奠定物质基础。同时,也只有生产力发展了,人均国民生产总值提高到一定程度,收入差距才会呈现相对缩小的趋势。做大"蛋糕"时,就要从源头上考虑国民收入分配问题,使之有利于低收入地区和群众能够在初次分配中提高收入。

当前,最重要的是合理调整资源配置,调整国民收入分配格局,促进农村经济社会发展,要加强农村基础设施建设,加大对农村教育、卫生、文化等方面的投入;加快新农村建设,将解决"三农"问题和解决收入差距过大问题联系起来,落实好各项惠农政策;继续改善进城务工农民的工作、生活环境,坚决遏制土地征收对农民利益的侵害,切实解决失地农民的生计问题;建立多层次的农村社会保障制度,改革户籍制度、土地制度、金融制度等,以制度建设解决"三农"问题。

让更多群众拥有财产性收入,必须进一步完善按劳分配为主体、多种分配方式并存的分配制度。改革和完善这一分配制度的总取向是以共同富裕为目标,扩大中等收入者比重,提高低收入者收入水平,调节过高收入,形成中间大、两头小的分配格局。初次分配的重点是建立和完善市场公平竞争机制,发挥市场竞争对提高效率的作用,使初次分配真正与劳动和贡献挂钩。再次分配的重点是保障低收入群体的基本生活,通过税收等手段调节过高收入,进行合理有效的再分配。

让更多群众拥有财产性收入,需要构建公平的制度环境。创造市场条件,建设法治环境,保障公民的合法财产并依法行政。拓宽群众财富增长渠道,既创造畅通的信息、能源、交通等条件,又充分利用税收等经济杠杆,鼓励更多人投入创业之中。不断完善储蓄、债券、股票等市场。简化行政程序,强化监督机制,放权于市场,减少权力寻租现象,以此保障群众拥有财产和财产性收入。正视贫富分化的现实，特别关注社会弱势群体的财产权，如农民的土地、小摊贩的工具等，从而视具体情况，做不同的政策安排。

让更多群众拥有财产性收入，更重要的是要稳步提高劳动收入。在公平公正的制度环境中，提高群众的劳动收入、保护合法财产、拓宽投资渠道是使更多群众拥有财产性收入的必要条件。在初次分配中提高劳动报酬并适当减税、形成工资正常增长机制，使工资与物价指数挂钩有利于劳动收入的普遍提高。而保持经济平稳较快发展、抑制通货膨胀则是提高劳动收入的重要保证。广大"股民"、"基民"应形成良好的理财习惯，根据风险收益偏好、家庭结构、生命周期，采用多元化的资产配置手段，选择最合适的理财方案，增加、优化劳动收入，以此来实现财产性收入的最大化。

要 点 提 示

——经济增长对就业的拉动作用呈下降趋势。必须强调以创新带动创业,以创业带动就业,形成发展经济与扩大就业的良性互动。

——坚定不移地走创业之路,应当大力宣传创业典型的先进事迹,使创业典型成为全社会的楷模,带动千千万万河南人扎下根创业、走出去发展。

——要完善支持自主创业、自谋职业政策,加强就业观念教育,加强劳动者企业能力的培训,使更多劳动者成为创业者。

以创业带动就业

——扩大就业的新思路

　　2008 年 3 月 2 日下午,赴京参加第十一届全国人民代表大会一次会议的中共河南省委书记、省人大常委会主任徐光春,特地赶到朝阳区南四环的北京城环城国际汽配城,亲切看望在京创业的河南农民工。店铺林立的汽配城内,有一支引人注目的河南创业群体:大小商户 346 家,吸纳河南籍员工 3 400 多人,其中,信阳商户 296 家,主要经营德国、日本、美国等国生产的汽车配件,2007 年实现销售收入达 5.6 亿多元。徐光春书记看到河南籍的"小老板们"个个精神饱满,非常高兴,他殷切希望大家进一步弘扬创业精神,掀起创业热潮,不断为开创中原崛起新局面增添活力。

扩大就业　重在创业

就业是民生之本,安国之策。党的十七大报告明确提出,实施扩大就业的发展战略,促进以创业带动就业。这是在党的十六大提出"千方百计扩大就业"之后,党中央关于进一步扩大就业的新思路。

近年来,随着我国经济发展方式的转变和自主创新能力的提高,经济增长对就业的拉动作用呈下降趋势,因此,必须强调以创新带动创业,以创业带动就业,形成发展经济与扩大就业的良性互动。

只有创业才能带动更多的人就业。郑有全原本是许昌县灵井镇小宫村的一位普通农民,从收头发做起,经过多年艰苦创业,如今他不仅成为亚洲最大的发制品生产企业——瑞贝卡公司的"掌门人",而且带动全县10多万人从事档发原材料的收购、加工、销售等业务,进而在许昌县催生出全国最大的发制品加工出口产业集群,连续3年出口创汇超亿美元。

郑有全只是许昌县近年来涌现出的众多创业明星中的一个代表。像郑有全和发制品产业一样,近年来,许昌县按照支持创业、扩大就业和培育产业相结合的思路,通过坚持不懈地开展全民创业活动,累计有1万多人实现了自主创业,带动28.2万人就地实现转移就业,先后带动培育出发制品、汽车零部件、农副产品、轻纺化工等4大特色产业集群和200多个档发加工、豆制品生产、食用菌种植、家畜家禽饲养、花木栽培专业村。

　　河南作为全国第一人口大省，就业形势尤为严峻，在劳动力供大于求的情况下，通过创业促进就业就显得尤为重要。自主创业，带来的不仅仅是个人的财富增长，更重要的是促进了整个经济社会的发展，提供了千千万万个就业机会。世界经合组织的一项调查显示：所有就业机会的70%要归功于创业者和中小企业家，如果在创建和发展中小企业和个体私营企业上多下工夫，经济就会有更高效率和更快发展，将会为社会创造更多的财富和更多的就业机会。因此，当前我国就业工作的当务之急是开发更多的就业岗位，创造更多的就业机会，鼓励和支持劳动者自谋职业、自主创业，通过推动创业来促进就业。

　　劳动者创业，不但解决了自己的就业问题，还可以通过合伙创业、组建公司等方式带动更多的人就业，培养和造就更多的创业主体，从而发挥创业带动就业的倍增效应。在国有企业改革中，许多下岗分流的职工不是等着国家或企业给自己重新分配岗位，而是勇敢地走出去，艰苦创业，不但自己成为创业者，还带动或帮助同自己一起下岗的职工实现了再就业。劳动保障部门近年来组织创业培训的实践证实，在目前的经济结构下，一人创业一般可以带动五人就业。

　　必须鼓励劳动者积极创业。国家统计局的普查表明，我国每千人拥有的企业数量只有2.5个，比一般发展中国家还少22～27个。企业数量少，就业的容量就小。目前，不论是学有所长的大中专毕业生，还是从农村转移到城市的年轻务工人员，就业时多数都希望能够托亲朋好友找到一份稳定的工作，很少有人主动去创一番事业。教育部统计表明,2005 年自主创业的本科毕业生只占毕业生总数的 0.4%,远远低于美国大学生创业比率为 23% 的水平。可见,我国新成长劳动力的创业精神还很不适应扩大就业的要求,必须鼓励全社会劳动者特别是青年人大胆创业。

解放思想　全民创业

创业是发展之基、富民之本、活力之源、崛起之路。河南省八届五次全会已经做出促进全民创业的重大决策。坚定不移地走创业之路,推动河南经济社会又好又快发展,必须解放思想,大力宣传创业典型的先进事迹,使创业典型成为全社会的楷模,带动千千万万河南人扎下根创业、走出去发展。

吸引农村外出务工人员返乡创业。做好农村富余劳动力转移,直接关系中原崛起。近年来,河南坚定不移地发展劳务经济,组织农村富余劳动力走出省门、国门闯市场,目前,全省外出务工人员已达 1 900 多万人,2007 年劳务收入超千亿元。他们中不少人通过辛勤劳动实现了率先致富,通过不懈努力闯市场、经风雨、见世面,掌握了知识和技术、积累了资金和经验。各级政府不仅要注重组织和引导农村富余劳动力"走出去",更要注重吸引和扶持更多人回乡投资兴业,把劳务经济发展提升到新的水平。

当前,劳务经济已进入品牌经营时代,劳务市场的竞争已成为劳务品牌的竞争。河南劳务大省向劳务强省的转变步伐在不断加快,并逐步打造出一批市场认可、叫响全省乃至全国的劳务品牌,像安阳建筑、长垣厨师、遂平家政、唐河保安、新县涉外、禹州电子等等,这些县市靠发展劳务经济,走上了富民强县之路。而固始、光山等地则通过强力实施"回归工程",吸引和扶持外出务工人员回乡办工厂、建学校、开饭店,为当地发展注入了新的活力,使当地经济社会迈上了一个新台阶。例如,2005年以来,光山县外出务工人员返乡创办企业48家,总投资15亿元,带动就业5 000多人,他们已成为推动当地工业化、城镇化和新农村建设的主力军。

针对劳务经济已从过去的"闯市场"阶段转为目前的"创事业"新阶段,即一大批外出务工人员已扎根外地谋求发展,一大批外出务工人员开始返乡创业,各级党委和政府要主动"引凤还巢",呼唤更多学有所长、事业有成的外出务工人员回乡创业,把经济社会发展急需的经验、技术、资金等吸引回来,使之成为支撑当地经济社会发展的重要力量。

引导大中专毕业生开拓创业。全民创业,青年当先。荣获"2007河南创业之星"的河南省家家宜米业有限公司董事长王洪伟、河南省明睿广告公司董事长刘宏、郑州大学工程管理系2004级学生张慧敏等10位同志,是河南省青年创业成功的优秀代表,他们不等不靠,不畏艰难,成功走出了一条自谋职业、自主创业的新路子,在实现自身价值的同时为社会提供了一大批就业岗位,为促进经济社会协调发展做出了积极贡献。

张慧敏从大二开始在校园内组建创业团队:送报纸,卖电话卡、手机卡,不仅完全解决了自己的生活费和学费,还给近百名大学生提供了勤工俭学的机会。2007 年 9 月,她在中国大学生创业网的支持下,组建了第一个大学生创业俱乐部——郑州大学创业俱乐部,在一个月内,该俱乐部就通过各种校园商业活动的运作,获得了近 2 万元的净收入,并为 80 多名大学生免费提供了兼职工作岗位。要广泛宣传张慧敏等青年创业典型的先进事迹,在广大青年中形成崇尚创业、勇于创业的良好风尚,引导他们积极投身创业的伟大实践,以创业实现价值、成就梦想、报效社会。

近年来,大学生就业难成为人们关注的热点话题。据统计,2008 年河南省高校毕业生有 33 万多人,加上以往未就业的毕业生,预计超过 35 万人,毕业生就业压力进一步增大,大学生能否顺利就业牵动着全社会的神经。分析认为,大学生就业难,核心原因在于大学生创业经验不足。因此,创业是当代大学生的历史使命。2007 年 12 月,徐光春书记在许昌市召开的全省促进全民创业座谈会上,特别关注大学生创业问题,指出美国大学生的创业比例高达 20%,我们也要为大学生创业做好工作。

帮助大学生创业和就业,是全社会的责任。高校是大学生创业的第一个培训基地,通过加强创业教育和创业培训,提高大学生的职业素质、就业能力、创新能力、抗风险能力等,帮助他们掌握更多实用的创业技能。然而,大学生缺乏的还是创业启动资金,为了引导大学生成为创业的生力军,2008 年河南开始实施"高校毕业生创业行动",省政府要求各地要加快创业孵化园区和创业示范基地建设,把有创业愿望和具备创业条件的高校毕业生纳入服务范围。在条件许可的情况下,省、市、县(市、区)要通过财政和社会两条渠道设立高校毕业生创业资金,主要用于毕业生创业基地建设,支持毕业生自主创业。各级政府设立的下岗失业人员小额贷款担保基金、中小企业担保基金、创业基金等也都要拿出一定比例为高校毕业生自主创业提供小额贷款担保和资金支持。对于自主创业且符合条件的高校毕业生,当自筹经费不足时,可向当地经办银行申请小额担保贷款,贷款额度一般不超过 5 万元,期限 2 年。从事微利项目的,由当地财政全额贴息。同时,对于高校毕业生自主创办企业的,给予研发经费支持;对自主创业和从事个体经营的高校毕业生,除国家限制的行业外,自工商行政管理部门登记注册之日起 3 年内免交登记类、管理类和证照类的各项行政事业性收费。工商注册资本(金)可实行分期缴付方式,3 年内缴清。大中专毕业生应抓住机遇,根据自己的理想和个人条件,选择更多的就业方式,积极投身于创业实践,通过辛勤耕耘,去实现自己富民强国的理想。

扶持下岗失业人员投身创业。下岗失业人员创业的关键在于掌握一定的创业知识和技能,具备一定的创业经营管理能力,创业培训使创业者不断理清创业思路,制订创业计划、增强创业能力。近年来,郑州市努力打造创业型城市,推进就业再就业工作,着力搭建创业培训桥梁,2004 年以来大力开展 SIYB 创业培训,共培训 3 450 人,培训后成功创业 2 391 人,占培训人员的67. 8%,吸纳就业人员 8 567 人。其中,下岗职工 1456 人,实现就业倍增效应 3. 2 倍。创业培训不仅彰显了"以培训促创业,以创业促就业"的服务宗旨,而且使成千上万的创业者梦想成真,影响和带动了一大批下岗失业人员、复转军人、大学生的成功创业,有力促进了全市城镇就业再就业工作。

下岗失业人员创业大都会遇到资金短缺的瓶颈问题,对于志愿创业的下岗失业人员来说,再就业优惠政策和小额担保贷款无异于雪中送炭,帮助他们树立自主创业的信心。郑州市在组织创业培训的同时,一方面组织项目推介,解决创业项目不足问题;另一方面,充分利用小额担保贷款政策,为下岗失业人员创业提供资金支持;通过实行创业培训与项目开发、小额贷款、税费减免紧密结合,为创业者提供项目选择、开业指导、后续跟踪服务等"一站式"方便快捷的服务,帮助下岗失业人员提高创业能力和创业的成功率。据统计,2008 年以来,全省新发放小额担保贷款 5.25 亿元,创业培训 16 900 人,通过创业培训及政府的扶持使 7583 人实现了成功创业,带动 28 160 人就业。

营造环境　搭建平台

为了促进以创业带动就业,十七大报告明确提出,要完善支持自主创业、自谋职业政策,加强就业观念教育,加强提高劳动者创业能力的创业培训,使更多劳动者成为创业者。国家正在采取一系列政策措施,创业的环境将会越来越宽松,成长的空间将会越来越广阔。

着力优化创业环境。各级党委和政府要从鼓励劳动者创业出发,着力营造创业的政策环境、服务环境、法制环境、舆论环境等,为创业者提供最好的服务、最大的支持、最佳的平台,让想创业的人能创业、能创业的人创伟业。制定优惠政策,降低市场准入门槛,打破地域封锁,消除偏见歧视,营造支持创业的政策环境。2008 年 1 月,河南省在全国率先出台了《关于认真做好农民工回乡创业工作的通知》,明确提出强化服务,积极支持农民工回乡创业,从鼓励多形式创业、明确扶持重点、放宽创业准入、简化审批程序、加大扶持力度、实行政策优惠、提供金融服务、妥善解决创业用地问题等方面给创业者提供更多的方便,降低创业门槛,减少创业成本和风险。要转变政府职能,提高行政效能,完善服务体系,加强创业指导,营造促进创业的服务环境,保护创业者及其所创办企业的合法权益和收益。整顿市场秩序,维护合法权益,营造保护创业的法制环境。充分发挥广播、电视、报刊、网络等传媒的作用,宣传创业典型,弘扬创业精神,形成崇尚创业的舆论环境,使广大劳动者进一步解放思想、更新观念,增强自谋职业、自主创业意识。

加强就业观念教育。随着国有企业改革、经济结构调整和事业单位分类改革的深入,非公有制经济组织和灵活就业越来越成为扩大就业的主渠道。然而,千百年来,中国受小农经济的影响,形成了士农工商等级,直到今天,社会上官本位意识根深蒂固,地处内陆腹地的河南这个问题更加凸显,相当多的人仍然把"学而优则仕"作为人生价值的根本追求,轻视务工经商,以至于千军万马挤在考公务员的"独木桥"上。这些已经成为制约河南发展社会主义市场经济最深层次的文化障碍。必须改变这种旧的思想观念,在全社会弘扬企业家精神和现代商业精神,用社会主义先进文化激励更多的大学生、农村富余劳动力、下岗失业人员等转变就业观念,适应社会主义市场经济的新要求,选择"学而优则商"、"学而优则工"的人生观、价值观,树立"一门心思想创业、满腔热情谋发展"的新观念,树立"依法经营、诚实守信"的新观念;适应当前就业方式多样化的趋势,通过劳务派遣、家政服务、承揽大公司的外包业务等多种形式,或实现就业,或组建公司去创业,主动加入自主创业队伍,立志干工商实业,立志做优秀企业家。

加强创业培训。创业培训是职业教育培训的重要内容,对提高劳动者的创业能力起着积极的促进作用。要创新创业培训方式,努力提高创业培训的成功率。郑州市对下岗失业人员,信阳市对外出务工人员,均通过"扶持一人创业,带动一批人就业"的创业培训模式,积极帮助有创业愿望的人实现创业梦想,收到了以培训促创业、以创业促就业的良好效果。郑州国棉五厂、郑州印染厂等国企的许多下岗职工,通过参加郑州市创业培训指导中心组织的"SIYB"创业培训后,改变观念,瞄准市场,有的开办了茶叶店,有的开办了车行,有的开办了家政服务公司,均创出了属于自己的事业。

河南人口众多,就业任务繁重,解决好就业是我们必须长期面对的重大民生问题。我们要通过不断优化创业环境,充分发挥包括知识分子在内的工人阶级、广大农民创业主体的作用,充分发挥其他社会阶层人员创业生力军的作用,激发各类创业主体的创造活力,让一切有利于社会进步的创造愿望得到尊重,创造活动得到鼓励,创造才能得到发挥,创造成果得到肯定,创造源泉充分涌流,使中原大地成为创业的沃土。

要 点 提 示

——河南省对外开放的扩大,对全省经济社会发展作出了重大贡献,对全省经济社会发展的格局产生了重要影响。

——河南要推动新跨越、新崛起,必须尽快形成全方位、多层次、宽领域的对外开放格局,在扩大对外开放上付出更艰辛的努力,迈出更坚实的步伐。

——扩大河南的对外开放,必须有更加开放的胸怀,站在更高水平上进行谋划,从而实现由大到强的飞跃。

融入世界求发展
——全面提高河南对外开放水平

　　2007 年 5 月,胡锦涛总书记来到河南视察工作,对河南的对外开放工作提出了殷切期望,希望河南"积极扩大对内对外开放,加强与国内其他地区的横向经济联系,不断提高对外贸易和利用外资的质量和水平"。总书记的指示为地处内陆的河南加快发展指明了方向。经过多年努力,河南已经实现了由传统农业大省向经济大省和新兴工业大省的历史性跨越。要实现新跨越、新崛起,必须尽快形成全方位、多层次、宽领域的对外开放格局,在扩大对外开放上,付出更艰辛的努力,迈出更坚实的步伐。

开放成就新河南

　　20 世纪 70 年代末,中国打开了市场的闸门,迈出了走向世界的步伐,河南也顺应时代潮流,开始走向世界。30 年来,河南先后召开了 5 次全省对外开放工作会议,制定和实施了开放带动主战略,并出台了一系列政策等措施,河南的对外开放不断迈出新步伐。

对外经贸谱华章。改革开放初期,河南的进出口总额只有 2.26 亿美元。进入 21 世纪,河南的对外贸易发展规模不断扩大,连年保持着快速增长态势。2000～2007 年,全省的进出口总额分别为 22.75 亿、27.93 亿、32.04 亿、47.16 亿、66.13 亿、77.36 亿、104.80 亿、128.05 亿美元。尤其是 2004 年,全省的对外贸易实现了历史性突破,出口超过四川、安徽,在全国排名第 11 位,列中西部地区之首。2006 年,全省进出口贸易总额一举跃升至百亿美元,对外贸易实现跨越式发展。

外资引进结硕果。河南通过实施“引进来”战略,有效地弥补了河南经济建设资金的不足,带动了产业的升级,使河南经济快速发展,一些产业的竞争力大大提高,同时也推动着河南与世界经济联系的日益密切,互补互利的机会不断增强。从 2002～2007 年的 6 年间,河南合同利用 FDI 为 154.54 亿美元,实际利用 FDI 为 79.94 亿美元,占合同利用外资的 51.72%。在大规模利用外资的同时,河南也引进了一大批先进技术、关键设备和管理人才,加快了全省企业集成创新和引进消化吸收再创新,突破了一批关键技术,促进了高新技术产业发展。

“走出去”拓展一片新天地。河南为充分利用国际国内两个市场,更合理、更充分地利用资源,拓展发展空间,采取了多项措施,大力实施“走出去”战略。2006 年,全省对外承包工程和劳务新签合同额就达到 8.81 亿美元,完成营业额 7.82 亿美元,外派劳务 2.47 万人次。营业额和外派劳务均居全国第 8 位、中西部地区第 1 位。2007 年,全省签订对外承包工程合同金额 10.42 亿美元,完成营业额 10.03 亿美元,派出人次 32 671 人。全年新签合同额、完成营业额均取得历史性突破,创河南改革开放 29 年来对外经济合作业务的历史新高。

喜忧参半话挑战

对外开放是富民之路,也是强省之路。河南省对外开放的扩大,对全省经济社会发展做出了重大贡献,对全省经济社会格局产生了重要影响。

门户开放,经济腾飞。对外开放提高了河南区域内资源的配置效率和区域经济的运行效率,使河南省综合实力不断增强。特别是外资的引入,加强了河南主导产业的发展,培育了新兴产业,带动了相关产业等,同时也调整和优化了产业结构,间接地促进河南经济的发展。

对外开放加速了省内市场与国际市场融合。对外开放不仅促进了河南劳动力、资本、技术、信息等要素市场的形成和发育,而且也加速了河南的市场化进程。外资企业的进入加快了省内所有制结构的多元化,加剧了市场竞争的程度,促进市场竞争机制的发展,促使国有企业公司化的改造和竞争力的提高。外商投资企业先进的技术和管理方式同时还对河南的经济发展产生了示范效应,并通过技术外溢效应、管理人员当地化、产业关联等多种途径,提高了省内企业的技术和管理水平。

对外开放促生了竞争力百强县。近年来,河南县域经济的发展也非常注重实施开放带动主战略,大力发展开放型经济,使全省县域经济实现跨越式发展,百强县数量大幅增加。2007年、2008年全国竞争力百强县中河南分别占7个,且全部出自省对外开放重点县(市),分别是巩义市、偃师市、新密市、新郑市、荥阳市、禹州市、登封市,比2006年新增4个,增幅居中西部省份第1位。

尽管河南对外开放取得了不俗的成就,但用科学发展观衡量,河南省对外开放无论是速度还是程度仍远远落后于沿海发达地区。2006年我国外贸依存度为60%,而河南仅为6%。同期的广东省为74.12%,浙江省为28.16%,江苏省为25.11%,山东省为15.89%。与全国的投资度相比,河南的国际投资开放度比重明显偏低,2006年,全国国际投资开放度为2.78%,河南的国际投资开放度仅为0.93%。在中部6省中,河南的对外开放也不居前列。全省对外开放的程度、领域以及对经济社会发展的促进作用还不够大。加之世界经济风云瞬息万变,河南要实现更好、更快的科学发展,还要充分认识对外开放过程中出现的新情况、新问题,立足实现中原崛起的宏伟目标,把握新机遇、迎接新挑战、经受新考验。

大开放促大发展

河南发展开放型经济、实现对外开放的大发展,实现全省经济由大到强的质的飞跃,还有很长的路要走。海纳百川,有容乃大,今后河南的对外开放将以更加开放的胸怀,站在更高水平上进行谋划,从而实现由大到强的质的飞跃。

用思想飞跃实现对外开放工作中心的转变。进一步创新开放理念,进一步增强开放意识,是今后河南加快对外开放工作的前提。只要国家法律政策没有明令禁止的,就可以大胆地试,大胆地干,要敢闯、敢试、敢为人先,用创新的精神破解难题,用发展的标准衡量工作。一是实现开放指导原则的转变。在继续搞好对外开放规模扩张的同时,引导对外开放的科学发展。二是努力实现更高层次的开放发展目标。加大对外开放不仅是为了扩大就业摆脱贫困,更是为了实现产业结构调整、社会和谐发展。三是逐步实现政策指向的调整。从靠政策激励拼资源土地转变为靠制度、体制效率加软硬环境。四是努力实现对外开放竞争战略的转变。从廉价劳动力优势扩展为以自主创新为核心的体制、人才和技术综合优势。五是提高对外开放的水平和视野。战略重点从优化开放政策拓宽到关注、统筹对内对外开放。

用工作创新实现利用外资质量的提升。一是进一步强化利用外资的产业导向,大力引进对产业升级具有重大带动作用的项目和企业,着力引进跨国公司高科技含量、高附加值、高产业关联的投资项目,引导外资为经济增长方式的转变服务,为建设资源节约型、环境友好型社会服务。二是在引进外资的政策制定上,注意引导大力引资与积极选资相结合,提高利用的外资质量,鼓励外资向服务业、现代农业投资。在技术创新上,努力增加生产中的实践基础和载体,加强企业的整合度,努力延长生产线在省内的长度,提高全省企业参与国际竞争的实力。

用开拓进取营造更加优越的投资环境。进一步改善投资环境,建设诚信中原,营造良好的投资环境,对河南开放型经济建设至关重要:一是营造安全文明的法治环境,使投资者投资放心,工作宽心,生活安定,财产安全。二是按照"统一、开放、竞争、有序"的要求,营造公平竞争的市场环境,继续治理整顿市场秩序,打破行业垄断,打击欺行霸市,清除地方保护主义。三是营造诚实守信、开明开放的政策环境,确保政策的连续性、稳定性。四是营造高效快捷的办事环境,形成高效运作的服务机制,提高政府部门的"综合素质"。在招商引资过程中,政府要"少管,放权,优服务",要大力推进阳光政府、责任政府、诚信政府、有限政府和法治政府建设,营造更加良好的政务环境。

用锐意改革打造引进外资的动力机制。一是制订和完善奖励政策和利益共享机制,积极推行委托招商、中介机构招商、以商招商、网上招商等与国际惯例接轨的市场化运作方式。二是以产业集聚营造引资优势,大力打造两大平台,形成吸引外资的核心集聚区。三是突出抓好农副产品深加工、铝加工、汽车及零部件、煤化工、建材、电子信息材料等资源和成本比较优势明显、产业配套协作能力较强的制造业领域招商,以外资注入推动产业链条的纵向延伸和产业结构的优化升级。四是依托现有开发区的比较优势,搞好各开发区的招商引资工作,从"政策招商"逐渐转向"产业招商"。五是着力抓好河南国有大中型企业同世界 500 强的对接,推动河南省国有企业利用外资,引进资金和关键技术,加速产品升级换代。

要 点 提 示

——随着市场经济的推进和公共财政的不断完善，人们渐渐认识到，政府是公民的代理人，政府的职责在于弥补市场失灵，政府理应服务于百姓，政府应是服务型政府。

——2008 年 7 月，河南出台《河南省人民政府工作规则》，对省政府全面履行政府职能、实行科学民主决策、坚持依法行政、加强廉政建设等方面作出具体规定。

——要从体制机制的改革、公务员素质提高等一系列具体环节抓起，按照建设服务型政府的目标要求，采取综合手段，全力推进服务型政府建设。

努力建设服务型政府

——从"两转两提"看政府职能转变

2008 年 7 月召开的中共河南省委八届八次全会,把以"两转两提"(转变政府职能、转变工作作风、提高行政效能、提高公务员素质)为重点的服务型政府建设作为继续解放思想、创新工作体制机制的重要内容,并提出了明确要求。这是河南贯彻落实党的十七大精神、推进政府职能转变的重大举措,充分体现了权为民所用的执政理念。

据有关部门测算,要完成党的十七大提出的到 2020 年实现人均生产总值翻两番的目标,河南省今后必须保持高于全国水平 2 个百分点以上的经济增速。而面临经济发展方式粗放、资源环境约束加大等深层次矛盾,以及 2008 年以来国际国内宏观经济形势的影响,前进的道路必将遭遇诸多"拦路虎"。因此,谋求经济社会又好又快发展,既要发挥好市场这只"无形的手"配置资源的基础性作用,又要发挥好政府这只"有形的手"的宏观调控作用。这"两只手"作用的发挥都与政府职能、政府作风、行政效能、干部素质状况有着紧密联系。服务型政府催生政府职能的根本转变,同样,服务型政府将乘载着党和人民的重托在新一轮行政机构改革浪潮中劈波斩浪,迈向决策科学、优化结构、高效行政、权责分明、监督有力的新征程!

百姓期盼服务型政府

计划经济时期,我国基本实行的是管理型体制,政府是管社会、管人的,但随着市场经济的推进,随着公共财政的不断完善,人们渐渐认识到,政府的职责在于弥补市场失灵,政府是公民的代理人,政府理应服务于百姓,政府应是服务型的政府。同样,老百姓也期盼建立一个以人为本、执政为民、切实保障和改善民生的政府,期盼人民政府能做好服务人民的"贴心人",具体而实在地为民做好事、办实事、解难事;察民情、知民意、解民忧!

服务型政府首先是一个敢于负责、勇于担当的政府。正所谓有权必有责,政府的权力和责任始终是一对孪生兄弟,每一份权力都连带着一份沉甸甸的责任。以前人们往往认为,"当多大官就有多大权",现在更认识到,"当多大官就负多大责"。面对灾难,面对突发事件,总书记、总理总是和人民在一起,总是和人民心连心。总书记寒冬下矿井,总理冒险闯灾区,让国人感动,令世界动容!物价,住房,医疗,教育,农民工,这些关乎民生的问题,都常常摆在总书记、总理面前,挂在他们心头。这样的政府,就是百姓期盼的政府,正是百姓真正信任和热爱的政府。

服务型政府同时是一个以人为本、改善民生的政府。衡量政府一切工作的尺度，都要看人民群众高兴不高兴、满意不满意、赞成不赞成。过去5年中，国家取消了农业税；将农村教育全面纳入财政保障，开展师范生免费教育试点；建立农村最低生活保障制度，城乡社会救助体系，不断完善新型农村合作医疗制度，城镇职工基本养老保险、基本医疗保险等一系列保障民生的创新性措施。2008年又推出全国城乡普遍实行免费义务教育，提高劳动报酬在国民收入初次分配中的比重，建立企业职工工资正常增长和支付保障制度，制定全国统一的社保关系转续办法，建立覆盖城乡的社保体系，建立住房保障体系。让更多的人共享改革发展成果的政府，百姓深切期盼！

服务型政府还要是一个花钱少、效率高、廉洁的政府。无所不能、无所不包、无所不办的全能型政府需要更多金钱来维持。有数据显示，我国行政管理支出占财政支出的比重从1986年的10%提高到2005年的19.2%，20年间增长将近1倍。而中国人均负担的年度行政管理费用由20.5元提高到498元，增长23倍。2 000亿元，这是政府官员一年公款吃喝费用。职责不清、推诿扯皮、办事拖拉、效率低下也是老百姓通过实践为政府"诊断"出来的一个"顽症"。

服务型政府必须是一个依法执政的政府。要抛弃政府既是裁判员、又是运动员的尴尬身份，让法律的阳光照亮公共行政权力的方方面面。我们要建设法治社会，我们的政府也必将是法治政府。对于政府工作人员而言，法律不是手电筒，只照别人不照自己，法律也不是自助餐，各人各取所需。政府应当依法厘清其职能的界限,从"越位"的地方"退位",在"缺位"的地方"补位"。这样的政府,百姓才服气!

总之,老百姓需要一个以人为本的服务型政府、一个真正为民着想为民办事的务实政府。正如温家宝总理所言,咱们老百姓需要一个"为市场主体服务,为社会服务,最终是为人民服务"的政府。

服务型政府重在服务

2008 年 5 月 12 日,经历了 1998 年特大洪水灾害、2003 年"非典"疫情、2008 年初低温雨雪冰冻灾害考验的中国人,又一次面临一场特大自然灾害的严峻考验。

面对历史罕见的四川汶川地震灾害,党中央国务院果断决策、及时部署,各地各部门紧急应变、迅速行动,打响了一场抗震救灾的攻坚战。从国家总体预案到专项预案,从国家部门预案到地方预案,一个个应急预案共同筑成一道道坚固的屏障,有力地保护着人民群众的生命财产安全。这场抗灾斗争是对我国"服务型"政府建设的一次全面检验。

近年来,我国政府服务意识明显增强,工作作风明显好转,各种服务措施不断推出,服务型政府建设迈出了坚实的步伐。尤其党的十七大前后,服务型政府建设再度提速,取得重大进展。2007 年 9 月,国务院决定再次取消和调整 186 项行政审批项目。从 2001 年到 2007 年年初,国务院已经取消和调整行政审批项目1 806项。2006年1月1日,中央人民政府门户网站正式开通,国内外媒体普遍认为此举"充分体现了中国建设服务型政府的信心和决心"。据统计,仅1年时间,中央人民政府门户网站就发布国务院和国务院办公厅文件500多件、国务院公报250多期;整合71个部门约1 100项网上服务;发布8个部门的47项行政许可项目……被誉为"24小时不下班的政府"。2008年5月1日起施行的《政府信息公开条例》,对于我国的"透明政府"建设具有里程碑的意义。专为政府信息公开立法,这是中国有史以来的第一次,在行政管理体制改革进程中也是一件具有开创性的事件。这将有力地促进各级政府和官员的行政方式乃至思维方式发生一个显著的变化,逐步走向开放和透明。

就河南而言,2008年7月,省政府出台《河南省人民政府工作规则》,对省政府全面履行政府职能、实行科学民主决策、坚持依法行政、加强廉政建设等方面作出具体规定。

2008年8月,省政府"两转两提"领导小组印发《关于进一步深化全省行政审批制度改革的通知》,按照加快推进政企分开、政资分开、政事分开、政府与中介组织分开,以逐步实现政府从"全能型"向"有限型"转变,从"管理型"向"服务型"转变的原则,调整和取消行政审批项目。这一纸公文,抓住行政审批制度改革这个龙头,力重千钧。全省各级政府以便民、高效为目的,加强行政服务网络建设,改进完善行政审批方式,加强审批事项的后续监管。目前市、县两级全部建立了行政服务中心,超过60%的乡(镇)建立了便民服务中心,部分平原地区和所有偏远山区实行村级代办制,给群众带来了便利。群众普遍反映,以往到政府办事,经常会受一些"门难进、脸难看、事难办"的气。现在人见面不光客气,效率也高很多。

2008年9月初,省发改委发出了对涉农价格和收费进行全面清理整顿的通知,这是全省向乱收费"开刀"的第一个大动作。通知要求,凡不利于农业生产、农民生活、农村发展的收费政策,都要予以取消或废止。划定了12项有关农村用水、用电、就学、办理身份证等收费的相关政策界限。比如,中小学教育收费方面,使用其他资金建设的学生宿舍,住宿费标准最高不得超过50元/生·期,并从2009年春季开始全部取消。

与此同时,郑州市等地把服务型政府建设的重点放在亲民、富民上。它们建立了"市长信箱"、"市民论坛"、"群众来访接待日"制度,市民遇到烦心事、想起好主意,一个电话、一封电子邮件,就可以同市长、局长对话。市长、局长确定"党政领导接待日",参与"市民论坛",到信访接待室、电台和电视台的直播室、报社的"读者热线",面对面地与市民交流,干群关系日趋融洽。

建设服务型政府任重道远

建设服务型政府不是一朝一夕的事情,是一项长期的任务,不仅需要在思想层面解决认识问题,重要的是要实现政府职能转变、行政管理体制创新和政府行政行为规范。要从体制、机制的改革、公务人员素质提高等一系列具体环节抓起,按照建设服务型政府的目标要求,采取综合手段,全力推进服务型政府建设。

牢固树立以人为本的施政理念。要按照"三个代表"重要思想和科学发展观的要求,始终如一地代表最广大人民群众的利益,把政府工作的出发点和决策的立足点都放到是否有利于人民群众的根本利益上。政府在施政过程中一定要努力做到思想上尊重群众、感情上贴近群众、行动上深入群众、工作上依靠群众,时刻把群众的安危冷暖放在心上,多为群众办好事、办实事,努力提高人民群众物质文化生活水平和健康水平,切实保障人民群众权益,实现好、维护好、发展好最广大人民的根本利益,做到发展为了人民、发展依靠人民、发展成果由人民共享,促进经济社会和人的全面发展。

深化行政管理体制改革。要按照转变职能、权责一致、强化服务、改进管理、提高效能的要求,深化行政管理体制改革,加快建设行为规范、运转协调、公正透明、廉洁高效的行政管理体制。特别是继续推进政企分开、政资分开、政事分开、政府与中介组织分开,坚决把不该由政府管的事交给企业、市场、社会组织和中介机构。继续深化行政审批制度改革,认真贯彻行政许可法,进一步减少和规范行政审批事项,该取消的审批项目坚决取消,该下放的项目尽快下放,以利于把更多的精力用于公共服务和社会管理。

切实转变政府职能。政府要在市场经济中抓方向不抓运行细节,抓公平竞争环境不抓企业经营,重政策引导不搞指令目标,解决好"越位"、"错位"、"缺位"问题。一是改变过去包揽一切的管理体制,缩小、分解政府的管理权限和范围,把不该由政府承担或政府管不了的职能转移出去,实现政府与企业、社会、市场之间的合理分工。二是理顺中央和地方之间、政府内部各部门之间的职能关系,合理界定各级政府、政府各部门的职能边界,明确各级政府、政府各部门的职责范围,避免因分工不当、责任不明导致政出多门、交叉错位。三是把应当由政府办的事情真正抓起来,负起责任,避免管理出现"断档",公共服务出现"真空"现象。

积极创新运行机制和管理方式。一是完善决策机制。健全重大问题集体决策制度和专家咨询制度,完善科学化、民主化、规范化决策程序,实行社会公示和社会听证制度,充分利用社会智力资源和现代信息技术,增强透明度和公众参与度。建立决策失误追究制度,对盲目决策而造成重大失误、导致重大损失的,要追究责任,直至引咎辞职、责令辞职。二是完善执行机制。全面落实行政首长负责制、分管领导负责制和部门负责制,科学分工,明确责任,一级抓一级,一级对一级负责,层层抓好落实。发展目标、工作任务确定后,要按照分工和职能进行分解,由谁负责,谁去执行,怎样推进,都应十分清楚、明确。三是完善监督考核机制。建立科学合理的考核体系,采取切实可行的办法,加强对各级政府及其所属部门的监督考核,公正评价其作用和贡献,督促其尽职尽责、尽心尽力。四是积极推行电子政务。改善政府管理结构和方式,重塑政府业务流程,构建适应信息时代社会发展需要的政府组织形态,以提高行政效率,降低行政成本。

加强政府公务员队伍建设。全面加强公务员队伍思想建设、作风建设、能力建设,加强公务员制度建设,不断提高公务员为人民服务的能力和水平。各级政府都要健全规范权力和有效监督权力的制度,并认真遵守和落实,做到用制度管理、按制度办事、靠制度管人,使权力得以正确、合理、有效地运行。每一名政府工作人员都要树立良好的思想作风、工作作风,做到求真务实、勤政高效、廉洁自律,不断加强基本理论和现代政府知识的学习,增强全面和正确履行政府职能的能力,努力提高公共服务和社会管理的水平。

要 点 提 示

——加强劳动关系的规范和协调,构建和谐稳定的劳动关系,既是构建社会主义和谐社会的基础和前提,又是衡量社会和谐程度的重要标志。

——《劳动合同法》的颁布和实施,将矫正长期存在的强资本弱劳力的畸形劳资关系,架起劳资双方平等对待的桥梁,为构建和谐稳定的劳动关系提供重要的法律保障。

——构建和谐稳定的劳动关系,是一项综合系统工程,需要全面努力、重点建设、整体推进。

努力构建和谐稳定的劳动关系

——由《劳动合同法》颁布说开去

《劳动合同法》从公开征集意见、审议、颁布到 2008 年 1 月 1 日实施至今,人们对它的关注程度始终不减,不同的人从中读出了不同的味道。有人看到的是法律促进了社会进步和对劳动者合法权益的保护,有人却担忧重新回到"大锅饭"、"铁饭碗"时代;有人断言会引发撤资并带来经济衰退,更多的人则相信劳动关系的规范和谐有利于经济社会的长期稳定发展。人们不禁要问:为什么这部法律如此牵动和激荡人心? 引起这么多的争论和这么多复杂的难题? 这一切,都是因为社会主义市场经济条件下劳动关系的重要性日益凸显,而《劳动合同法》承担着建设和谐稳定劳动关系和保护劳动者合法权益的重要使命,它标志着我国的劳动关系迈进了一个新的发展阶段。

构建和谐劳动关系是构建和谐社会的必然要求

近几年,从上到下人们都在呼吁:构建和谐社会重在关注民生,改善民生。那么,什么是民生? 毋庸置疑,民生涵盖了多方面的内容,但民生之本在于就业,在于通过自己的劳动换取相应的报酬,维持个人的基本生存,谋求个人的更大发展。因此可以说,在社会主义市场经济条件下,在人与人之间发生的各种社会关系中,劳动关系是最基本的社会关系和社会最重要的利益关系之一。没有和谐稳定的劳动关系,就不可能有和谐稳定的生产秩序,不可能有和谐稳定的社会秩序,也就谈不上社会的和谐稳定。因此,加强劳动关系的规范和协调,构建和谐稳定的劳动关系,既是构建社会主义和谐社会的基础和前提,又是衡量社会和谐程度的重要标志。如果劳动关系不和谐,整个社会也很难和谐,构建社会主义和谐社会的宏伟蓝图将失去重要的基础和支撑。

从蛮荒到现代,几千年的历史长河,"劳动"的含义一如既往,几乎没有什么改变;然而,从计划经济体制到社会主义市场经济体制,虽然只有短短二三十年的时间,"劳动关系"的内涵却发生了深刻的变化。在过去长期实行的计划经济体制下,劳动者的就业和基本生活保障由国家统包,劳动关系的构成实际上是劳动者与国家之间的劳动行政关系。改革开放以后,我国逐步向社会主义市场经济体制转变,劳动关系也随之转变为市

场化和利益化的劳动关系,对劳动关系的调节和规范,也由行政
手段为主转变为以法律手段和市场手段为主。这些变化说明,
与计划经济时代相比,劳动关系在市场经济条件下变得越来越
多样化,呈现出越来越多的新特点、新情况、新问题。规范和协
调劳动关系,使之走向和谐与稳定,已成为构建社会主义和谐社
会面临的重大问题。

改革开放以来,适应劳动关系的变化,党和政府也在努力促
进劳动关系的和谐稳定。党的十六届六中全会提出"发展和谐
的劳动关系",党的十七大报告要求"规范和协调劳动关系",
2008年的国务院政府工作报告又对建设和谐劳动关系作出部
署。应当说,近些年来,劳动关系总体上是稳定和谐的,但也必
须看到,局部矛盾和问题还大量存在,在一些地区、行业和单位
甚至相当严重。带有普遍性的问题主要有:一些国有企业在改
制重组过程中存在损害职工合法权益的现象;部分低收入劳动
者,特别是进城务工人员的工资收入水平不能随着企业经济效
益的提高而得到相应的增长;存在拖欠、克扣职工工资的问题;
劳动合同签订率低,许多企业特别是私营、个体工商户不与职工
签订劳动合同;一些企业劳动合同显失公平,随意解除和终止劳
动合同等问题仍很突出。此外,一些企业劳动环境和工作条件
恶劣,安全事故频繁发生。部分企业为降低生产成本,擅自改变
工时制度,增加职工工作时间,致使职工严重超时加班,甚至出
现了像山西"黑砖窑"、"血汗工场"那样的恶性事件。由此引发
的劳动争议数量不断上升,涉及劳动保障问题的大规模群体性
事件时有发生。这种状况,显然与构建社会主义和谐社会的要

求是极不适应的。因此,必须按照十七大报告的要求,进一步规范和协调劳动关系,促进劳动关系的和谐稳定。

和谐的劳动关系是劳资双方所处的一种和谐融洽的良性状态,是整个和谐社会最为广泛和坚实的基础。在现代社会,几乎每一个成年人都需要工作,不仅为了生存和发展,也为了实现自我价值和社会价值。唯有和谐稳定的劳动关系才能保证每一个劳动者的正当利益得到实现,才能保证他们的物质要求和精神愿望同时得到满足,一个人人乐于工作、互惠互利的社会才称得上是人人共建、人人共享的和谐社会。

《劳动合同法》是构建和谐劳动关系的重要保障

《劳动合同法》坚持了《劳动法》确立的劳动合同制度的基本框架,并进一步完善了劳动合同制度,弥补了原有制度的缺欠,在兼顾企业利益的基础上,促进劳动者就业稳定。它的颁布和实施,将矫正长期存在的强资本弱劳力的畸形劳资关系,架起劳资双方平等对待的桥梁,为构建和谐稳定的劳动关系提供重要的法律保障。

劳动合同立法的目标之一就是要平衡劳资双方的权利义务关系,明确双方在订立、履行、变更、解除和终止合同中的权利义务。如何安排双方的权利义务是立法的焦点和难点,例如企业规章制度的制定,到底是由劳资双方协商制定?还是由用人单位单方制定？一直是立法过程中的争论焦点。《劳动合同法》进一步明确用人单位在制定、修改或者决定直接涉及劳动者切身利益的规章制度或者重大事项时,应当经职工代表大会或者全体职工讨论,提出方案和意见,与工会或者职工代表平等协商确定。在规章制度实施过程中,工会或者职工认为用人单位的规章制度不适当的,有权向用人单位提出,通过协商作出修改完善。《劳动合同法》还要求,直接涉及劳动者切身利益的规章制度应当公示,或者告知劳动者。企业制定规章制度不再是企业管理者一方的事情,更不是企业单方就可以决定的事情。在涉及劳动者切身利益的规章制度的制定和修改环节,《劳动合同法》赋予了其民主管理的精神内涵,建立了劳资共决、协商机制。

劳动合同法为增强弱者的博弈能力,旗帜鲜明地规定保护劳动者的合法权益,并在具体内容中强化了对劳动者保护的力度,如针对实践中事实劳动关系大量存在的现状,劳动合同法强调订立书面劳动合同是建立劳动关系的基本要求,并加大了用人单位不订立书面劳动合同的法律责任;针对合同短期化现象严重的情况,劳动合同法扩大了无固定期劳动合同的适用情形,力图通过法律的规范和引导促使更多无固定期劳动合同的适用,从而实现劳动关系的长期稳定;针对用人单位随意解除劳动合同的情形,劳动合同法细化劳动合同解除的情形和程序,加强了对劳动者解雇的保护;针对违约金条款滥用的现象,劳动合同法限定了劳动者承担违约金的范围,仅在服务期条款和竞业限制条款中可以适用违约金。这些规定,无一不体现了劳动合同立法在兼顾企业利益的基础上,向弱势劳动者倾斜的精神,以确保公平,促进和谐。

劳动合同是规范劳动者和用人单位之间劳动权利义务关系的协议,劳动合同法明确了劳动合同的订立、履行、变更、解除和终止等内容,通过规范双方的行为,使劳动者和用人单位能够依法订立劳动合同,并严格依照法律规定和合同约定履行合同,以维护稳定和谐的劳动关系。可见,劳动合同法对劳动者的倾斜保护,不是要偏袒一方,而是为了增强弱势一方的博弈能力,同时,也当然要公平地兼顾保护用人单位的合法权益,如为了保护用人单位的商业秘密,维护良好的竞争秩序,劳动合同法规定用人单位可以在劳动合同中约定保密条款;对负有保密义务的劳动者,用人单位可以在劳动合同或者保密协议中与其约定竞业限制条款;为了让用人单位充分行使经营自主权,劳动合同法规定用人单位有权建立和完善规章制度。劳动合同法就是要通过规范劳动关系双方的行为,搭起平衡发展的桥梁,保障"构建和发展和谐稳定的劳动关系"的目标尽早实现。

全面努力构建和谐稳定的劳动关系

和谐稳定的劳动关系,有了《劳动合同法》这块基石之外,还要有围墙和房顶,才能坚不可摧,风雨不倒。也就是说,构建和谐稳定的劳动关系,是一项综合系统工程,需要顺应规律,全面努力、重点建设、整体推进。

　　要加强劳动立法,强化法律保障。一方面,法制要健全,做到有法可依。目前,我国规范劳动关系的法律体系当中,《劳动法》是基本法,《劳动合同法》、《就业促进法》、《劳动争议调解仲裁法》2007 年相继出台,社会保险法也正在制定之中,这样就形成了以《劳动法》为核心,其余 4 部法律并驾齐驱,共同"护驾"和规范劳动关系的局面。2008 年 9 月 19 日,《劳动合同法实施条例》正式出台,这部酝酿已久的行政法规增强了《劳动合同法》的可操作性,对规范和协调劳动关系将起到巩固和加强作用。除此之外,还应当逐步制定和完善《集体合同法》、《工资法》、《劳动保护法》等法律法规,明确调整劳动关系的各种标准,为健全和完善劳动关系的协调机制提供更完善的法律依据。另一方面,执法要全面严格,不能有失偏颇,要坚持有法必依。不能仅仅只是依靠《劳动合同法》,要让并驾齐驱的几部劳动关系法同时发挥作用,互相弥补,通力合作,这样才能实现法律的最佳执行效果,才能全面依法保护劳动者的合法权利。

　　转变政府职能,发挥好服务、引导和协调作用。目前,有些地方政府为了所谓的投资环境,为了追求所谓的政绩,对一些企业违反劳动法规,明显侵犯职工合法权益的现象往往是睁一只眼闭一只眼,甚至熟视无睹、为其"开脱",造成一部分群众对公共权力的不信任。这种情况,说轻一点是政府角色错位,说重一点是没有履行"人民政府"的职责。虽然市场经济条件下劳动关系的处理,主要由劳动关系双方运用市场机制来进行调整,但这决不意味着政府就没有职责。相反,政府的科学引导和平衡协调对于和谐劳动关系的构建起着至关重要的作用。重要的问题在于,政府要研究如何按照劳动关系调整工作市场化、法制化的要求,准确定位在劳动关系调整上的职能和职责;研究如何将计划经济条件下的行政干预职能转到以通过立法、加强执法、依法协调的法制化轨道上来,将工作重心转到市场监管、社会管理和公共服务上来,集中力量扮演好立法者、管理者、调节者和服务者的角色。

要深化制度改革,完善体制机制,逐步建立起与市场经济相适应的、体现广大劳动人民根本利益的具有中国特色的社会主义新型劳动关系的体制机制。要改革劳动用工制度,拆除劳动者在就业方面的壁垒,实现劳动力跨地区、跨单位、跨行业的自由流动,创造劳动者自主选择就业的广阔空间。要改革劳动关系协调、管理制度,促进企业在签订、变更、解除、终止劳动关系,支付工资、缴纳社会保险费、处理工伤、休假等方面能够做到制度化、规范化。要进一步健全劳动权益保障制度,逐步建立起欠薪保障、工资支付、企业员工社会养老保险、医疗保险、工伤保险等有关劳动保障方面的制度,真正实现"老有所养、病有所医、贫有所济、难有所帮"。

要健全组织体系,形成工作合力。要加强工会组织建设。建立地区性、行业性的工会组织,紧密联系工会自身特点和工作实际,坚持以围绕中心,服务大局为根本点;以履行职责,依法维护为切入点;以服务职工,突出实效为出发点;以加强建设,夯实基础为立足点;以提高能力,强化自身为关键点,积极开展工作,不断提高工会源头参与维护的水平,努力使工会成为利益主体鲜明的代表劳动者利益的组织。要发挥政府主导作用,真正把劳动关系法律法规的执法责任相对集中到政府的劳动和社会保障部门,不断加强统筹规划,加大投入力度,强化公共服务,提高保障水平。要积极推进集体协商和集体合同制度,坚持由政府(劳动部门)、雇主组织和工会通过一定的组织机构和运作机制共同处理所有涉及劳动关系的问题,共同制定涉及劳动关系的政策、制度和法令,切实维护企业和职工两者合法权益。

要坚持多轮驱动,实现整体推进。要加强宣传教育,对用人单位广泛开展劳动法律法规的宣传教育活动,促使用人单位与招聘的下岗失业人员和进城务工的农民工签订劳动合同,依法建立劳动关系。积极开展劳动者技能培训,着力提高劳动者的综合素质,引导广大劳动者自觉增强劳动法律意识,懂得用法律的武器维护自己的劳动权益。要强化监督制约。在明确各级劳动行政执法机构的执法权限、执法内容、执法方式的基础上,定期不定期地对用人单位劳动关系状况进行监察,充分发挥劳动仲裁、行政执法复议等制度在协调劳动关系制度中的作用。要加快民主进程。大力推行企事业单位的民主管理,建立健全厂(院、所)务公开和职代会制度,切实提高企业行为的透明度,努力建立起职工、企业互通有无,有效对接的"便捷通道"。

和谐需要同舟共济,和谐需要万众一心。我们相信,只要上下齐心协力,伴随着《劳动合同法》的进一步实施和其他法律法规的不断完善,我们每一个人都置身其中的劳动关系会越来越顺畅与和谐,我们的社会将越来越和谐与美好。

要 点 提 示

——解决民生问题是最大的政治,改善民生状况是最大的政绩。民生问题解决的好坏应该作为衡量各级政府及领导干部政绩最重要的指标。

——解决民生问题,需要我们用开拓创新的精神来解决各种复杂的社会矛盾,需要用智慧和魄力来应对现实中的各种挑战。

——办好十大实事,努力在改善民生上取得更大成效。要形成长效机制,切切实实为老百姓解决生产生活中遇到的实际问题。

群众利益无小事

——十大实事彰显民生情怀

"没想到交 240 元钱能有这么多回报。"家住郑州市金水区的张女士是某集体企业的失业人员,2007 年底靠政府补贴参加了医保。最近她因患乳腺肿瘤住院治疗,花去医疗费 2.8 万元,市医保中心给报销近 1.6 万元。接过工作人员递过来的厚厚一沓报销款,张女士感慨万千。针对困难企业职工、下岗失业人员、学生等城镇弱势群体医保"盲区",2007 年,郑州、洛阳、南阳、济源 4 市被确定为全国首批试点城市。2008 年 2 月,河南省其余 14 个省辖市也被确定为居民医保试点城市。至 7 月底以前,这 14 个城市已全部启动实施,所属县(市、区)同步推进。这样,河南省 18 个省辖市都有了居民医保。加大资金投入力度,改善城乡居民的医疗条件,力争年内在 50% 以上的省辖市(含县、市、区)开展城镇居民基本医疗保险试点并逐步推广,这是河南省委、省政府深入落实科学发展观,进一步改善民生,向全省人民承诺的十大实事之一。

办好十大实事　改善中原民生

近年来,河南省委、省政府始终把解决民生问题当做最大的政治,把改善民生状况作为最大的政绩,坚持发展经济与改善民生并重,认真解决群众最关心、最直接、最迫切的利益问题,扎实推进和谐中原建设。尤其在深入贯彻党的十七大精神和省委八届八次全会精神,贯彻落实科学发展观和构建社会主义和谐社会方面迈出了坚实的步子。在统筹考虑全省人民的共同愿望、实际需要和政府财力的情况下,在连续 3 年为人民群众办好十大实事的基础上,2008 年拟继续办好关系人民群众切身利益的涉农补贴、村容村貌、农村文化、义务教育、医疗卫生、社会保障、食品药品安全以及污染防治等十大实事,努力在改善民生上取得更大成效,把发展成果更好地体现到提高人民生活水平和质量上。

为群众多办实事好事,是我们党执政理念的一大转变。多年来,我们虽然也在民生问题上投入了大量的人力、财力、物力,但在衡量各级政府的政绩时,事关民生的一些指标往往被淡化。因此也就出现了这样一种不正常的现象:一方面 GDP 连年高速增长,经济形势一片大好;另一方面社会问题愈来愈复杂,社会矛盾越来越尖锐。基于这种认识,我们党及时调整工作思路,在搞好经济建设的同时,把更多的精力放在以改善民生为重点的社会建设上来,通过每年解决老百姓最关注、最关心的十件实事,来提高政府的公信力和社会的和谐度。

为群众多办实事好事,是现代社会发展的必然要求。随着社会的发展,社会文明程度的提高,尤其是科学发展观、以人为本理念的广泛倡导,使得关注民生、改善民生的思想意识逐步浸入每一个社会成员的内心。因此,社会愈发展,文明程度愈高,要求改善民生的呼吁也就愈加强烈。如果说改革开放之初,民生问题一度表现为主要生活用品的短缺,那么,进入新世纪新阶段,随着人民生活由温饱不足转变为总体小康,民生问题则主要表现在教育、医疗、社会保障等公共产品和公共服务的短缺上。按照需求层次论的观点,当人们的衣食住行等低端需求得到满足以后,必然在此基础上产生较高的诸如精神文化方面的需求。更何况,一些社会群体低层次的需求也还没能得到完全满足,所以改善民生的任务还相当艰巨。

为群众多办实事好事,也是综合实力的一种体现。不管是"三农"补贴,还是"三就两保"(就业、就学、就医、养老保险和医疗保险),每一件民生问题要想得到较好的解决,都需要大量的财力投入。近年来,我国国民经济快速发展,综合国力明显提高。河南的发展速度更是高于全国平均水平,经济总量稳居全国第5、中西部地区首位。2008年上半年GDP增长13.7%,高出全国平均水平3.3个百分点;夏粮生产再获丰收,实现连续6年增产、连续5年创历史新高,总产量达到306亿公斤,占全国夏粮产量的1/4。新兴工业大省的地位得到确立,农业大省的地位进一步巩固。正是有了这样的物质基础,我们才有足够的能力来解决民生问题。比如,2008年十大实事中的第一条就是加大对农民的补贴力度,新增加了油菜良种补贴、"家电下乡"试点补贴(对农民购买国家规定品牌和型号的彩电、冰箱、手机,按销售价格给予13%的直接补贴)等,使得对农民的大宗补贴增至10项。所有这些补贴项目无一不是我们经济实力的一种体现。

倾力排忧解难　破解民生难题

即将过去的2008年,是改善民生取得重要成果的一年。展望2009年,中央在扩大内需方面出台的多项措施,将使人民群众得到更多实惠。

就业乃民生之本。就业既是一个人生存于世的基本方式,也是一个人与社会保持联系的重要纽带,还是一个家庭经济来源的主要途径。为此,中央加快实施扩大就业的战略步伐,相继出台了一系列有关就业问题的新政策,努力扩大就业规模,改善就业结构,消除零就业家庭。2003年到2008年,全国范围内年平均新增城镇就业人员近1 000万人,城镇登记失业率一直控制在4.3%以内。河南省也继续实施积极的就业政策,坚持以创业促就业,加大就业援助力度,确保全年城镇新增就业100万人以上,实现下岗失业人员再就业33万人,其中就业困难人员再就业12万人,动态消除"零就业家庭"。继续实施"阳光工程"、扶贫培训"雨露计划"和农村劳动力技能就业计划,完成146万农民工务工技能培训,新增150万农村富余劳动力转移就业。

教育乃民生之基。国务院总理温家宝2008年7月30日主持召开国务院常务会议,会议决定,从2008年秋季学期开始,在全国范围内全部免除城市义务教育阶段学生学杂费。对享受城市居民最低生活保障政策家庭的义务教育阶段学生,继续免费提供教科书,对家庭经济困难的寄宿学生补助生活费。为让所有孩子都能上得起学、上好学,国家在早两年就免除了全国农村义务教育阶段的学杂费,对农村贫困家庭学生免费提供教科书并补助寄宿生活费,并逐步建立教科书循环使用机制,使农村1.5亿中小学生的家庭普遍减轻了经济负担。积极解决农民工子女入学和城镇大班额问题。

医疗乃民生之需。为了切实解决老百姓看病难、看病贵问题,中央政府提出了实现"人人享有基本卫生保健"的目标。目前,新型农村合作医疗扩大到全国80%以上县(市、区),参合农民达7.2亿。据了解,河南全省157个有农业人口的县(市、区)全部建立了新农合制度,参合率也由2003年第一批试点县的75.58%上升到91.8%,补助标准提高到80元,其中中央财政补助标准从20元提高到40元。2007年7月,国务院颁布了试点指导意见,正式在全国79个城市启动了城镇居民医疗保险的试点工作,将非从业城镇居民、学生儿童、农民工等社会弱势群体纳入医疗保险体系,2008年将扩大到全国50%左右的城市,2009年则将达到全国80%左右的城市,2010年实现基本覆盖所有城镇未就业居民。这样,城镇职工医保、居民医保,加上新农合一起,标志着我国基本医疗保险体系框架已初步形成。

住房乃民生之急。常言道安居才能乐业。随着近几年房价连年大涨,不少人为住房所累。为此,国家出台一系列政策进行调控,经济适用房、廉租房、限价房等不断推向市场。2007 年称得上是"住房保障年":3 月 5 日,温家宝总理在政府工作报告中把解决低收入家庭的住房问题放在了突出位置;8 月 7 日,国务院出台《关于解决城市低收入家庭住房困难的若干意见》;紧接着召开全国住房工作会议,要求建立健全以廉租住房制度为重点、多渠道解决城市低收入家庭住房困难的政策体系;十七大报告中更提出要努力让全体人民住有所居。2008 年是消费者得到更多实惠的一年:低收入家庭的住房条件加快改善;廉租房制度惠及更多家庭;限价房一度成了房地产市场的热词;房地产市场的低迷使购房者受益多多。

文化乃民生之魂。不管是城镇还是乡村,过去经常可以看到这样的情景,三五成群聚在一起打牌赌博;或街长里短、惹是生非;特别是在农村,"出门一把锁,进屋一盏灯"是常有的事情。这说明一个问题:农村文化建设已经明显滞后于社会发展的需要。意识形态领域,先进的成分不去占领,落后的东西必然乘虚而入。尤其是随着大批农村青壮年外出打工,留守妇女、留守儿童、空巢老人已经成为新的弱势群体。他们不但物质生活水平低下,而且精神文化生活也极度匮乏。这种状况已经引起了社会各界的高度关注,并采取各种措施加以改善。在河南,省委、省政府已经把"大力发展农村文化事业"作为改善民生的十大实事之一,提出要加快推进农村电影放映工程,使 60% 的行政村实现一村一月放映一场公益性电影;开展"百部流动舞台千场演出送农民"活动来丰富农民的文化生活。

社保乃民生之盾。社会保障制度是个人生产生活的"保护伞",又是社会发展的"稳压器"。近年来,覆盖城乡居民的社会保障体系日益健全,尽管如此,仍有诸多不尽如人意之处,比如:这张安全网尚有不少漏洞,难以将部分群体(如失地农民)纳入其中;部分保障项目(如农村低保、新农合等)因保障水平、保障比例过低,而起不到保障作用,不能改善受保人的生活状况;城乡残疾人群体的社会保障状况亦有待于进一步改善。农村社会养老保险已经探索了多年,至今仍未取得明显效果,使农村老年群体不能及时享受"老有所养"。有鉴于此,中央政府作出承诺:从 2007 年开始,企业离退休人员的养老金在连续涨过三年之后,再连涨 3 年,养老金平均水平将超过每人每月 1 200 元;将城市低保对象人均月补差标准由 85 元提高到 95 元,农村低保标准由不低于 30 元提高到不低于 40 元;河南省省级财政将筹措资金 1 亿元,支持新建、改建和扩建农村敬老院,争取农村"五保"对象集中供养率达到 40%,同时将集中供养"五保"对象的最低标准由 1 200 元/人·年提高到 1 400 元/人·年,分散供养"五保"对象的最低标准由 1 000 元/人·年提高到 1 100 元/人·年等。

建立长效机制　促进和谐发展

由于 GDP 增长与人民生活水平的提高并没有必然的联系,

纵横谈

人均 GDP 增加也并不等于人民生活水平的提高,因此政府在追求经济增长的同时要注意解决民生问题,改善贫富悬殊等不平等现象。对此,胡锦涛总书记在十七大报告中专门对教育、就业、收入分配、社会保障、医疗卫生、社会管理等重点民生领域做了具体的阐述。提出在加快经济发展的同时,要注重加强社会建设。徐光春同志在中共河南省委八届八次全会上也明确要求要在经济发展中持续改善民生,在改善民生中推动经济发展。

要建立正确的绩效考核与评估机制。当前,各级政府、各级领导干部要进一步扭转唯 GDP 是瞻的思想观念,确立民生为大的观念,要把民生改善程度、社会和谐程度加以细化、量化作为领导干部考核的重要指标。据报载,某市向市民公布了一张上半年市(县)区党政领导班子实绩完成情况考核评价表,在新的政绩考核评价体系的 4 大类 39 个指标中,民生类指标的权重明显增加,最高的 8 分给了"城乡居民收入"。"群众最关心什么,就考核干部什么",已经成为衡量各级政府领导干部的主要方式。这就要求我们的干部要积极实践,敬业务实。要经常深入基层、深入群众,及时了解经济社会发展中关系全局的突出问题,了解本地区本部门工作中需要解决的重点问题,了解广大人民群众最关心的热点问题,体察民情民愿,真正做到发展为了人民,发展依靠人民,发展成果由人民共享。

要建立有效的决策和投入机制。民生问题解决的好坏,资金投入是基础,领导决策是关键。因此,凡是涉及民生,属于十件实事领域的问题,务必要进入领导决策视野,并在财力上给予优先支持。当前,要优先发展教育,加快普及高中阶段教育,大力发展职业教育,研究制定出台促进职业教育发展的政策措施,促进义务教育均衡发展,加强薄弱学校建设,提高高等教育质量,加快重点高校发展;要加快卫生事业发展,全面建立城镇居民基本医疗保险制度,加强对新农合定点医疗机构监管,加快建立健全覆盖城乡居民的公共卫生服务、医疗服务和药品供应体系,实现同种药品全省同价,同类药品医院内外同价,减免医疗器械使用费等;要保障困难群体基本生活,重点完善和落实城乡居民最低生活保障制度,加强对城乡特困户等困难群众的社会救助,妥善安排孤儿、孤老、孤残等弱势群体生活。适时增加对生活困难群众、大专院校和家庭经济困难学生的补贴,确保他们的基本生活水平不因物价上涨而下降。

要建立明确的推进和监督机制。目前,公开承诺十大实事已经成为各地、各级党和政府落实科学发展观,构建和谐社会,转变执政理念,提高执政能力和水平的重要议题。因此,如何有效地将十件实事不折不扣地落实下去就显得尤为重要。十大实事作为民生问题,既是关涉老百姓衣食住行用等日常生活的重要问题,又是老百姓看得见摸得着的细节问题。因此,对待这些问题要事无巨细地逐项落实,要层层落实到每一个部门和人员,不但要按月份和季度进行落实并考核,还要在年终岁尾对有关指标完成的进度和效果进行监督和落实。要把十件实事落实的好坏作为一级政府、一个部门、一位干部政绩优劣的重要指标。

要 点 提 示

——十七大首次把"生态文明"写进党的政治报告，是我们党科学发展、和谐发展理念的一次升华。建设生态文明是贯彻落实科学发展观的新要求。

——河南存在着资源能源紧缺，经济结构不合理，产业层次较低，环境污染比较严重等突出矛盾和问题，建设"和谐中原、富裕中原、美好中原"任重而道远。

——我们要努力创造一种与自然相和谐的文明模式，创造山川秀美、清新宜人的现代家园。为此，要攻坚破难，大力推进生态文明建设。

人类文明的新形态

——在全社会牢固树立生态文明观念

2008 年 7 月 24 日,河南省环保局、发改委、建设厅联合召开污染减排进展情况新闻发布会。2008 年上半年,按照环保部门初步核算,河南省主要污染物 COD 和二氧化硫排放量分别比2007 年同期下降了 5.28% 和 5.66%。环境质量明显好转,全省 48 个地表水责任目标断面水质,COD 和氨氮浓度均值分别下降 21.9% 和 29.7%;城市环境空气质量达到优良天数的比例为 94.2%(172 天),同比提高 5.2 个百分点;饮用水源地取水水质平均达标率保持 100%;省辖淮河流域 10 个出省境断面水质,COD 和氨氮达标率分别提高 3.4 个和 7.4 个百分点。"天蓝了,地绿了,风沙少了",是近几年来河南生态文明建设所带来变化的真实写照。

"生态文明"是科学发展的新要求

胡锦涛总书记在十七大报告中强调：全社会要牢固树立生态文明观念。这是我们党首次把"生态文明"这一理念写进党的政治报告，是我们党科学发展、和谐发展理念的一次升华。建设生态文明是贯彻落实科学发展观的新要求。

科学发展观是关于发展的科学世界观和方法论，是一种科学的辩证思维方式。科学发展观的本质，是经济与社会、地区与地区、城市与农村、人与人、人与社会、人与自然之间的协调发展。

科学发展观强调发展不是单纯的经济增长，而是社会整体的进步，社会经济的发展必须与自然生态的保护相协调，在社会经济的发展中要努力实现人与自然之间的和谐，发展不能以破坏生态平衡为代价，发展不仅要与现存的自然条件相适应，也要顾及子孙后代的利益，走可持续发展的道路。按照胡锦涛总书记的解释"可持续发展，就是要促进人与自然的和谐，实现经济发展和人口、资源、环境相协调，坚持走生产发展、生活富裕、生态良好的文明发展道路，保证一代接一代地永续发展"。

因此，科学发展观不是一般地要求我们要保护自然环境、维护生态安全、实现可持续发展，而是把这些要求本身就视为发展的基本要素，其目标就是通过发展去真正实现人与自然的和谐以及社会环境与生态环境的平衡，实现根植于现代文明之上的

"天人合一"。因此,贯彻落实科学发展观要求我们建设生态文明。

"生态文明"是人与自然、人与人、人与社会和谐共生、良性循环、全面发展、持续繁荣为基本宗旨的文化伦理形态,生态文明既包含人类保护自然环境和生态安全的意识、法律、制度、政策,也包括维护生态平衡和可持续发展的科学技术、组织机构和实际行动。首先在思想文化理念上,生态文明要求树立符合自然生态规律的价值需求、价值规范和价值目标;其次在生产方式上,生态文明要求建立净化环境、节约和综合利用自然资源的新机制,转变高生产、高消费、高污染的工业化方式,实现生产的生态化;再次在生活方式上,生态文明要求摒弃对物质财富的过度消费,以实现经济—社会—生态环境的和谐发展。

生态文明是高于其他人类文明形态的新形态。从人类文明的发展历程看,生态文明是继原始文明、农业文明、工业文明之后的新选择,是在对传统文明破坏生态的弊端进行长期深刻反思和扬弃后而形成的一种新的文明,是人类社会进步的重要标志,也是21世纪人类文明的发展方向。

作为对农业文明和工业文明的超越,生态文明是人与自然关系的一种新状态,是人类文明在全球化和信息化条件下的转型和升华。人类本身就是自然生态的组成要素之一,正如胡锦涛总书记所说:"自然界是包括人类在内的一切生物的摇篮,是人类赖以生存和发展的基本条件。"建设生态文明,归根结底是为了人类自身的利益,良好的自然生态,是人类幸福生活不可或缺的要素。因此,在建设生态文明的过程中,人类自身是生态文明的主体,处于主动而不是被动的地位。建设生态文明,绝不是人类消极地向自然回归,而是人类积极地与自然实现和谐。人类既不能简单地去"主宰"或"统治"自然,也不能在自然面前消极地无所作为。所以说,"以人为本"既是科学发展观的出发点,也同样是我们建设生态文明的出发点。

建设生态文明刻不容缓

现阶段,我国面临创造生态文明的良好机遇。加强环境改善和生态保护等一系列关于生态文明方面的探索和实践表明,"生态文明"正引领我国踏上绿色大道。

国家"十一五"发展规划纲要把节能和减排作为约束性目标。为此,国家采取了一系列措施,发布了节能减排综合性工作方案,从生产、流通、消费、分配等各个环节提出了 45 条政策措施。近两年,国家又提出并实施节能减排综合性工作方案,建立节能减排指标体系、监测体系、考核体系和目标责任制,颁布了应对气候变化国家方案。依法淘汰了一大批落后生产能力,启动十大重点节能工程,燃煤电厂脱硫工程取得突破性进展。继续推进天然林保护、京津风沙源治理等生态建设,加强土地和水资源保护。节约资源和保护环境从认识到实践都发生了重要转变。

但也应当看到,我国生态文明建设还面临着严峻的挑战。目前,我国正致力于现代化建设,作为世界上人口数量最多的发展中国家,改革开放 30 年来创造了高速增长的经济奇迹。但也为此付出了巨大的生态代价,生态环境日益恶化:荒漠化的面积越来越多,耕地减少,森林锐减,物种灭绝的速度加快,城市缺水,空气污染严重等,环境问题比发达国家和其他发展中国家更为严峻。以《中国的环境危局与突围》为题的我国首部环境绿皮书指出,我国的环境污染已出现"复合型、压缩型"的特点,生态环境进入高危状态,环境事故进入高发期,呈一触即发的危险态势。可以说,我国在发展经济、建设现代化的进程中,透支了太多的资源、环境甚至人们的健康。

近年来,河南省委、省政府着力推动节能减排和生态文明建设,把节能减排作为调整结构、转变发展方式的重要突破口,加强对重点流域、区域的环境综合整治,把关停治理重污染企业与工业结构调整相结合,实施严格的节能减排目标责任考核。

针对生活污水的排放量已经超过工业废水的状况,河南省采取市场化手段,在所有市县建起污水处理厂,使 60% 以上的生活污水得到有效处理。5 年来,河南省共关停污染企业 5 000 多家,完成火电机组脱硫改造 1466 万千瓦,关闭小煤矿 1 036 个、小铝土矿 92 个、实心黏土砖瓦窑场 7 711 个,淘汰落后钢铁产能 476 万吨。河南省在全国还率先"消灭"了机械化立窑水泥生产线,下马落后水泥产能 5 500 万吨,上马新型干法水泥产能 7 300 万吨,提前实现国家水泥行业产业结构调整目标。据测算,河南省仅关停"小火电"一项,每年可节约原煤 210 万吨,减排二氧化硫 3 万吨,减排二氧化碳 420 万吨。经过几年的努力,生态文明观念渐渐深入人心,一个"农业先进、工业发达、政治民主、文化繁荣、环境优美、社会和谐、人民富裕"的新河南正在崛起。

然而,应当看到的是,作为我国人口第一大省,河南在推进"两大建设",实现"两大跨越"的过程中,存在着资源能源紧缺,经济结构不合理,产业层次较低,经济增长对资源能源的依赖性较强,增长方式比较粗放,环境污染比较严重等突出矛盾和问题,生态环境和自然资源状况正在成为实现跨越的主要瓶颈,距离全面落实科学发展观,加快生态文明建设,建设一个"和谐中原、富裕中原、美好中原"的目标还有相当距离。主要表现在以下几个方面:

一是我省经济社会发展与环境资源之间的矛盾还比较突出。我省是一个人口大省,用占全国 1.74% 的土地养活了占全国 7.5% 的人口,全省人均能源资源占有量只有全国平均水平的 1/3,人均水资源占有量仅为全国平均水平的 1/5。

二是结构性污染造成的环境问题仍将长期存在。我省工业经济中资源型产业比重较大,以矿产资源加工为主的工业产值 2006 年约占工业生产总值的 57%,单位 GDP 能耗也高于全国平均水平,从而导致环境保护特别是工业集聚的重点流域、区域的污染物削减和环境质量改善难度很大。

三是生态环境质量不容乐观。我省一些地方的地表水径流量逐年减少,失去生态功能和自然净化功能,区域生态系统失衡,农畜产品质量下降,农业面源污染问题日益突出。

四是一些地方对环境保护工作仍然重视不够。重经济发展、轻环境保护,不惜以牺牲环境为代价换取经济增长。

五是环境执法监管能力建设仍然跟不上工作需要，"违法成本低、守法成本高"的现象依然存在。特别是在个别地区，个别企业肆意超标排污，部分"十五小土"和已关闭的重污染企业"死灰复燃"，严重影响了经济社会的协调发展和人民群众的身体健康。

攻坚破难　建设生态文明

在当前形势下，建设生态文明，需要我们攻坚破难，做好以下几方面的工作：

在观念层面，充分认识生态环境对于人类生存的决定性意义，树立人与自然和谐相处的观念。生态文明观念只有深入到全体社会成员的思想深处、内化为其行为准则，才能发挥其对生态文明建设行动的先导作用。尤其是对于我国这个拥有 13 亿人口的大国而言，如果不振聋发聩地叫响"生态文明"这一口号，唤醒全民的生态忧患意识，必然会使"资源难以支撑，环境难以容纳，社会难以承受，发展难以持续"。在全社会树立生态文明观念，需要积极实施生态文明教育活动，包括生态文明平等观教育、生态文明价值观教育、生态法制观教育、生态消费观教育等，使全体公民逐步树立起可持续发展的生态文明思想意识。需要我们通过各种途径，采取各种形式，大力宣传以资源节约环境友好为基础的文明发展的重要性和主要内容，普及环境科学和环境法律知识，将生态文明的理念渗透到生产、生活各个层面,增强全民的生态忧患意识、参与意识和责任意识,从而在全社会形成一种平等合作关系,共同保护和建设我们的家园,为建设生态文明奠定坚实基础。

在生产实践中,加强生态建设,努力保护自然生态,发展有利于保护生态和增强可持续发展能力的科学技术、生态经济。特别是要搞好节能减排工作提高资源利用效率,减少废弃物和污染物的排放,走出一条科技含量高、经济效益好、资源消耗低、环境污染少、人力资源优势得到充分发挥的新型工业化路子,从而减少工业生产对生态环境的影响。一是要加快产业结构调整。特别是大力发展第三产业,以专业化分工和提高社会效率为重点,积极发展生产性服务业;以满足人们需求和方便群众生活为中心,提升发展生活性服务业;要大力发展高技术产业,坚持走新型工业化道路,促进传统产业升级,提高高技术产业在工业中的比重。二是要大力发展循环经济。按照循环经济理念,构建跨产业生态链。要推进企业清洁生产,从源头减少废物的产生,实现由末端治理向污染预防和生产全过程控制转变,促进企业能源消费、工业固体废弃物、包装废弃物的减量化与资源化利用,控制和减少污染物排放,提高资源利用效率。三是要强化技术创新。组织培育科技创新型企业,提高区域自主创新能力。围绕资源高效循环利用,积极开展替代技术、减量技术、再利用技术、资源化技术、系统化技术等关键技术研究,突破制约循环经济发展的技术瓶颈。并在此基础上,合理规范地组织和调整人类的生产活动,发展生态经济,从而促进人和自然的和谐发展。

在制度建设上,完善生态文明建设的制度支撑。一是建立和完善以绿色 GDP 为主的干部政绩考核机制。改革沿袭多年的忽视环境效益的 GDP 政绩考核方式,将环境保护和生态文明的指标纳入政绩考核体系,用科学的制度引导产业结构调整,经济发展方式转变,实现经济增长与资源环境的协调发展。近几年来,我省各级政府大力倡导生态文明建设,坚持"既要金山银山,更要绿水青山"的发展理念,建设生态河南,将相关工作纳入各级政府的目标管理考核体系给予考核。现在是到了认真贯彻落实的时候了。二是建立健全政策法规,特别是建立健全公众参与机制,鼓励公众及社会团体、公益组织广泛参与公共事务的决策、管理和监督,包括对环境立法、环境行政决策和环境执法的参与势在必行。改革开放以来,我国在生态环境保护问题上,加大了立法进程,先后制定了《环境保护法》、《大气污染防治法》等相关法律法规,初步形成了生态保护及管理的法制体系,促进了生态保护的法制化进程。但尽管如此,环境保护方面的法律法规还不健全。为适应生态建设的需要,必须加强环境立法工作,尽快建立起比较完善的、适合我国国情的现代环境保护法律体系,在环境立法上下工夫,加大环境执法监管力度,提高违法成本,构建起环境监管的长效机制,真正为建设生态文明提供法律保障。

在生活实践中,建立一种可持续的生活方式和消费模式,通过绿色消费行动,使消费者有意识地选择那些对保护生态有益的商品,进而引导企业提供这样的商品。公众对生态文明建设参与意识的强弱和参与能力的高低,是影响生态文明成效的重要因素。我国是一个有着 13 亿人口的大国，我省是个人口大省，人们对生态文明建设参与意识的强弱和参与能力的高低，将会产生两种截然不同的结果。如果人们在意识上和细微处都不太注意生态文明问题，我们所可能付出的生态损耗和建设代价将会以天文数字计，中原大地将无法承载起中原崛起的发展之舟；如果中原儿女都能厉行节约，注意环保，它所汇集的生态资源，也将会有力地支撑起中原崛起的伟大事业。因此，把握正确的舆论导向，唤起全民的节约意识、环境意识、文明意识，对于我省在全面建设小康社会、和谐社会的进程中，切实走出一条符合生态文明要求的科学发展道路，关系极大。我们必须努力创造一种与自然相和谐的文明模式，创造山川秀美、清新宜人的现代家园。努力建设一个"农业先进、工业发达、政治民主、文化繁荣、环境优美、社会和谐、人民富裕"的新河南。

要 点 提 示

——四川汶川地震已经过去了,但是中华民族面对特大地震所表现出来的大爱,必将在中国的史册上写下辉煌的一笔。

——一方有难,八方支援,全国各族人民在地震发生后不久,纷纷行动起来,捐钱捐物,奉献爱心,伸出援助之手,形成了抗震救灾的强大合力。

——危急时刻,中原儿女没有忘记灾区人民,全省各级党组织组织广大党员干部带头捐款捐物,社会各界人士有钱出钱、有物捐物,为灾区人民奉献上中原儿女的浓浓爱心。

——世界在关切中国,中国在感动世界。感动世界的不是地震本身,而是中国人在灾难面前显现的民族精神,是赈灾过程中写下的一个个大写的"人"字。

不屈不挠的中国人

——从四川地震看中华民族精神

　　2008 年 5 月 12 日,德阳市东汽中学高二(1)班的孩子们会永远记住这一天,那是他们的谭千秋老师用自己的生命之躯和师德风范上了最生动的和最有价值的一节课。那天下午,德阳市东汽中学高二(1)班的孩子们像往常一样,安安静静地坐在教室里,用心聆听谭千秋老师讲课。突然,课桌椅不停地晃动,墙体开始出现裂缝,所有的孩子们都被这样的场面惊呆了。几秒之后,阅历丰富的谭老师已经意识到发生了地震,他大喊:"什么都不要拿,马上走,赶快走!"瞬间的清醒过后,孩子们开始在谭老师的指导下往外跑,一个,两个,三个……后来,一位救援人员向记者描述着当时的场景。"我们发现他的时候,他双臂张开着趴在课桌上,身下死死地护着四个学生,四个学生都活了!"这是发生在四川地震灾区感人至深的一幕。

　　四川汶川地震已经过去了,但是中华民族面对特大地震所表现出来的大爱,必将在中国的史册上写下辉煌的一笔。

汶川"震"动中国

2008 年 5 月 12 日 14 时 28 分,四川省汶川县发生里氏 8.0 级特大地震,这是新中国成立以来最具破坏性、波及范围最广的灾难。据中国地震局通报,四川汶川发生地震时,宁夏、青海、甘肃、河南、山西、陕西、山东、云南、湖南、湖北、上海、重庆、北京等地均有震感。地震消息传来,举国上下都为之震惊。

人民安危牵动着中南海。地震发生后,中共中央总书记胡锦涛立即做出重要指示,要求尽快抢救伤员,确保灾区人民群众生命安全。党和国家领导人不顾余震危险,亲临一线指挥,与人民群众和衷共济、共渡难关。在抗震救灾的危急时刻,胡锦涛总书记亲自到四川、陕西、甘肃地震灾区最前线,察看灾情,慰问群众,指导工作;国务院总理温家宝在地震发生后不到四小时飞抵灾区,指挥抗震救灾,足迹遍及了所有重灾区;在 8 天时间里主持召开了 11 次国务院抗震救灾总指挥部会议,会议频率之高,密度之大,场所之特,工作之细,历史罕见;离开灾区不到 6 天,总理又重返灾区部署安排灾后重建。党和国家领导人在此次地震中的表现和英明决策让每一个中国人都为之动容,也引起了世界媒体的高度评价:奥地利《新闻报》评论,震后仅 1 个多小时胡锦涛主席就发出了"尽快抢救伤员,保证灾区人民生命安全"的重要指示。新加坡《联合早报》则发表署名文章称"中国式总理,无法复制,想学也学不来"。

纵横谈

政府迅速启动救援措施。四川汶川地震发生后,国务院迅速成立抗震救灾总指挥部。国务院抗震救灾总指挥部设立了9个工作组,从抢险救灾、群众生活、地震监测、卫生防疫、宣传、生产恢复、基础设施保障和灾后重建、水利和社会治安等方面,全力推进抗震救灾工作。中国地震局已启动一级预案,由中国地震局12人、北京军区某部工兵团150人和武警总医院22人组成的国家地震灾害紧急救援队陆续奔赴汶川灾区,负责搜索、营救和医疗救护任务。5月17日,国务院决定,在3个月内向灾区困难群众每人每天发放1斤口粮和10元补助金,并要求民政部和财政部立即制订具体规定。此外,对因灾死亡人员的家庭按照每位遇难者5000元的标准发放抚慰金。5月19日,国务院抗震救灾总指挥部第10次会议议定,3个月内,为孤儿、孤老、孤残人员每人每月提供600元基本生活费。5月20日,国务院抗震救灾总指挥部第11次会议决定,再向灾区紧急调运4万顶帐篷,并要求有关部门协调有关地方和生产厂家,确保从5月30日起,每天运抵灾区3万顶。网友们纷纷留言,表达了同样的心声:抗震救灾,感动无数,而最让百姓感动的首推中国政府!

媒体第一时间发布消息。地震发生后,各大媒体都在第一时间做出反应。《人民日报》在迅速启动应急预案的同时推出抗震救灾特刊;新华社在地震发生17分钟后,于14时45分向全世界发出了第一条英文快讯,两分钟后发出简明中文消息;中央电视台于15时播发关于四川汶川地震的口播新闻;15时4分,中央人民广播电台也发出地震快讯;搜狐、新浪等网络媒体也都在最快的时间内发布了地震的消息,并作了抗震救灾专题。中国媒体以公开透明的报道,不仅提升了国家政府形象,也有力配合了国家的抗震救灾活动。美国《国际日报》发表题为《也该表扬表扬媒体了》的评论文章说,媒体所做出的没有遮盖、没有美化的如实报道,让世人看到了灾区的惨景、看到了灾民的痛苦、看到了中华民族的忍辱负重;看到了中国政府果断、快速、有效处理自然灾害的能力,看到了中国领导人冲在第一线,所表现出来的爱民如子的真实情怀,看到了中国大地上的真正的人权……是媒体的真诚深深打动了世界。

全国人民合力奉献爱心。一方有难,八方支援,全国各族人民在地震发生后不久,纷纷行动起来,捐钱捐物,奉献爱心,伸出援助之手,形成了抗震救灾的强大合力。地方各部门和民间机构都在极短的时间内迅速实施救援计划,一支支救援队纷纷奔赴灾区,一批批救援物资源源不断抵达灾区,成千上万的社会志愿者深入到抗震最前线。最值得一提的是解放军和武警部队,在最短的时间内组成紧急救援队,空降兵从天而降,更多的部队连续几十个小时急行军,披荆斩棘,创下了短期内运兵 10 万的纪录。人民子弟兵不畏艰险,不怕艰苦,在危急时刻,与时间和死神赛跑,用自己的血肉之躯,谱写了一首首悲壮感人的延续生命之歌,充分发挥了突击队和生力军的作用,再次用行动诠释了"最可爱的人"的时代内涵。此外,香港同胞、澳门同胞、台湾同胞以及海外华侨华人都奉献爱心,倾力支援,有钱出钱,有力出力,心手相牵,和灾区人民同舟共济。

河南与四川心连心

　　"5·12"四川汶川地震的消息传到河南,9 800 万中原儿女都把目光投向了灾区人民。省委、省政府非常重视,立即向地震灾区发出慰问电。省委书记徐光春、代省长郭庚茂等领导同志多次对抗震救灾做出重要批示,并及时成立了河南省援川抗震救灾工作指挥部和四川前线指挥部,省委、省政府多次召开会议研究部署抗震救灾工作。在四川地震的第 2 天,河南省委、省政府在第一时间内向地震灾区捐款 500 万元(后追加 1 000 万元),紧急准备 1 万顶救灾帐篷等救灾物资,价值近 52 000 元的药品。

　　中原儿女的无私奉献。四川地震的当天晚上,河南省卫生厅紧急调集 42 人专家医疗队待命,随时准备赶赴四川地震灾区。省公安厅调派消防总队特勤人员 100 人,组成 3 个突击队,携带 20 辆运兵车、工程抢险车、通信指挥车和抢险救援器材、个人防护装备共 27 种 2 000 余件。据不完全统计,截至 6 月 12日,全省有 1.5 万多人奋战在四川救援第一线,卫生、建设、公安、电力等部门和单位向四川地震灾区派出紧急救援人员 122批、8 181 人。危急时刻,中原儿女没有忘记灾区人民,全省各级党组织组织广大党员干部带头捐款捐物,省慈善总会、省红十字会等有关单位号召全省人民紧急开展募捐活动,社会各界人士有钱出钱、有物捐物,为灾区人民奉献上中原儿女的浓浓爱心。

截至 2008 年 6 月 11 日 16 时,河南省社会各界支援四川地震灾区捐赠款物累计 113 222.28 万元,其中捐款 97 691.04 万元、物资折款 15 531.24 万元。

河南军人武文斌成为"最可爱的人",中华人民共和国中央军事委员会主席胡锦涛签署命令,授予武文斌同志"抗震救灾英雄战士"荣誉称号。武文斌出生在河南省邓州市一个普通家庭,四川汶川地震发生后,武文斌随部队进入地震灾区。在地震灾区,武文斌同志事事冲在前面。在一个月的时间里,武文斌出色地完成了各项任务。8 月 18 日凌晨 2 时 40 分,睡梦中的武文斌感到胸部剧痛难忍,他被战友和连队卫生员紧急送往医院,然而,医务人员的努力,没能留住这位一身朝气的战士,武文斌年轻的心脏,还是在 4 点 45 分停止了跳动。武文斌,把年仅 26 岁的宝贵生命和对灾区人民的真挚热爱,永远地留在了这片洒满自己青春、热血和汗水的土地上。

用三轮车丈量爱心的河南汉子。濮阳清丰县的农民于树香和韩田聚是两个典型的河南汉子,一个是乡村电工,一个是乡村医生。当他俩在电视上看到地震灾区被压在废墟下的灾民时,心急如焚,于是,萌生了到灾区救援的想法。他俩说干就干,开着自家的小三轮车颠颠簸簸的就上路了。一路上,这辆三轮车仅轮胎就换了十几个,发动机也几乎报废了,这两位濮阳的农民志愿者就是开着这辆三轮摩托车,用了四天四夜的时间,翻越了秦岭,走了数千公里山路,来到绵阳报名成为志愿者,最终把两颗急切的救灾心送达了重灾区。老于和老韩用他们的破三轮车跑遍了江油、绵阳、安昌镇、黄土镇、擂鼓镇、北川县城等地,运送了多名伤员，当了半个月的志愿者。在接受记者采访时，说："虽然车也坏了，钱也花光了。但我们一点也不后悔。国家有难、匹夫有责，我们自己出了力，还经常能够见到咱河南的志愿者在灾区帮忙，他们都干得很努力，为咱河南人争了光，很多灾区的同胞都说咱河南人好样的，我们要自豪地说：2008 年，奉献就是一种时尚！"

四川赈灾"0001 号"与 10 位河南农民。河南省开封县陈留镇李郑庄村 10 位农民做梦也想不到他们竟然是全国第一个将赈灾物资及时送至四川省成都市全国抗震救灾物资捐赠点。当他们拿着一份"0001 号"的"5·12 特大地震灾害接受捐赠证明"时，他们简直不相信自己的眼睛。"5·12"四川汶川特大地震灾害发生后，10 位朴实的河南农民看到灾区急需救援物资，经过一番讨论，大家一致决定带上灾区急需的方便面和矿泉水奔赴救灾一线。他们说干就干，13 日晚 8 时许，带着满满一货车总价值 1.9 万元的 604 箱方便面和 98 件矿泉水，靠一张地图，10 位农民从郑州驱车驶上高速，连夜向四川汶川方向进发。一路上，10 位农民只想着尽快将赈灾物品送到灾区一线，中途不敢有半点耽搁。他们事先在两辆小车上各放两箱方便面和两件矿泉水，每隔 10 小时，饿了就啃口方便面，渴了就喝口矿泉水，紧接着连夜赶路。从开封到成都，计程表上显示 10 位农民交替驱车一共走了 1800 公里。当他们到达灾区时，他们的心终于落地了。

给灾民搭建一个温暖的家：十件实事，八项工程。抗震救灾进入最后阶段，帮助灾区重建家园成了抗震救灾的重中之重。

河南省为了给灾区人民一个舒适的家,积极协调各方面的关系,统筹各项工作。截至 6 月 10 日,河南省援建安县活动板房累计安装完成 4 242 套,占一期责任目标任务一万套的 42.42%,并在以每日 1 000 套速度递增。河南省将着力做好对灾区江油援建的十件实事,建设八项工程,全力完成对口支援江油恢复重建。其中援建板房 6 000 套,建 1 所拥有 36 个班、1 800 人规模的中原爱心学校。

不屈的是民族的精神

一位网友在自己的文章中写道:"从自发排起的献血队伍,到络绎不绝的捐款人流,从为地震灾区孤儿哺乳的女民警,到为孤残儿童提供心理治疗的无数网友,从无暇顾及痛失亲人忘我奔忙在救灾第一线的党政干部,到自己的亲人生死不明却去抢救他人的回乡民工等无数可歌可泣的事迹中,我们看到了令世界动容、令世界震撼的民族精神。"2008 年四川抗震救灾所反映出来的抗震精神就是中华民族的精神。

外国媒体评价:世界在关切中国,中国在感动世界。感动世界的不是地震本身,而是中国人在灾难面前显现的民族精神,是赈灾过程中写下的一个个大写的"人"字。正是这个"人"字,体现出中华民族的价值取向。抗震救灾精神,是爱国主义、集体主义、社会主义精神的集中体现和新的发展,是我们党和军队光荣传统和优良作风的集中体现和新的发展,是中华民族民族精神在当代中国的集中体现和新的发展。

6月30日,汶川大地震49天之后,胡锦涛总书记指出:"在同特大地震灾害的艰苦搏斗中,我们的民族和人民展示出了十分崇高的精神。这就是万众一心、众志成城,不畏艰险、百折不挠,以人为本、尊重科学的伟大抗震救灾精神。"这是对抗震救灾实践的精辟总结,也是对抗震救灾精神的深刻揭示。

抗震救灾昭示了万众一心、众志成城的团结意识。在特大灾难面前,举国上下患难与共,前方后方同心协力,海内海外和衷共济,各地区各部门各方面以灾情为最高命令、以救灾为神圣使命,紧急行动,守望相助,倾力支持,无私奉献,凝聚起抗震救灾的强大合力,显示了中国人民和中华民族的伟大力量。

抗震救灾昭示了一方有难、八方支援的互助意识。"一方有难,八方支援",这是社会主义制度下协同精神的真实写照。我们国家正是由于这种协同精神,在此次特大地震灾害中,克服重重困难,从上到下形成了一个抗震救灾的大局面。有钱的出钱,有力的出力,协同精神在此次地震中得到升华和体现。

抗震救灾昭示了珍爱生命、全力抢救的人本意识。抗震救灾中,生命被作为最高价值始终信守。"人民生命高于一切"、"当务之急仍然是救人"、"一线希望百倍努力"、"求求你们让我再去救一个!"……从国家领导到普通百姓都把救人当做头等大事。5月19日国难日,全国下半旗,举国上下为那些失去的生命祈祷……珍爱生命、尊重生命已经成为人们心中的最高理念。

抗震救灾昭示了临危不惧、迎难而上的顽强意识。面对极其惨烈的灾难,面对极其严重的困难,广大军民临危不惧、奋不顾身、舍生忘死,哪里灾情危急就向哪里冲去,哪里有生死考验就向哪里挺进,哪里有受灾群众就向哪里集结,展现了中国人民压倒一切困难而不为任何困难所压倒的超人勇气,体现了中国人民战胜一切艰难险阻的大无畏精神。

抗震救灾昭示了忠于职守、顾全大局的责任意识。有一位参加抗震救灾的军人面对自家亲人被地震掩埋的伤痛,即使在路过自己家门口也只是匆匆而过,站在废墟旁伤痛欲绝的妻子无奈地看着他离去的身影。在此次抗震救灾中,有多少过家门而不入的军人,奋战在抗震第一线。他们日夜守护在灾民身边,舍小家顾大家,体现出公而忘私的高尚情操。

抗震救灾昭示了自力更生、重建家园的自强意识。"自力更生,艰苦奋斗",这是我们民族精神的传家宝。面对地震留下来的废墟,灾民们并没有失去生活的勇气,因为在他们的身后有成千上万的中华儿女在支持着他们。一切从头开始,在我们党的英明领导下,灾民开始发扬自力更生、重建家园的自强意识,重新建设未来的美好家园。

艰难困苦,玉汝于成。对于曾经饱受苦难的中华民族而言,四川汶川地震只是一个悲壮的过去。但是,"后汶川地震"时代已经来临,中华民族经过此次地震的洗礼,得到了"万众一心、众志成城、不畏艰险、百折不挠、以人为本、尊重科学"的抗震精神,其必将丰富中华民族精神的深刻内涵。让我们以弘扬抗震精神为契机,大力发扬民族精神,进一步激励全党全国各族人民投身于社会主义现代化建设的洪流中去,为实现中华民族的全面复兴而努力奋斗。

要 点 提 示

——"弘扬中华文化,建设中华民族共有精神家园",是十七大发出的伟大号召。河南文化积淀深厚,人文资源丰富,在建设中华民族共有精神家园中负有特殊使命。

——黄帝故里拜祖大典,是弘扬中华文化、建设中华民族共有精神家园的有效形式,为海内外炎黄子孙架起了一道相互了解、沟通与交流的桥梁。

——黄帝故里拜祖大典以其特有的形式和丰富的文化内涵,彰显出这一世纪大典的感召力、凝聚力和向心力,吸引了许许多多的海外华人,业已成为海内外华人寄托民族情感的精神家园。

构建中华民族共有精神家园

——从黄帝故里拜祖大典谈起

　　2008 年农历三月初三的郑州,和风习习,细雨霏霏,杨柳吐翠,春意盎然。在这样一个景色宜人的日子里,9 700 万河南人民迎来了全球华人的盛大节日——戊子年新郑黄帝故里拜祖大典。中央电视台新闻频道和中文国际频道,对这次盛典进行了全程直播。大典规模宏大,内容丰富,精彩迭现,再次在全球华人中引起了强烈的震撼。

　　中华儿女是炎黄子孙。炎黄二帝中的黄帝就是在中原大地创立了华夏文明。充分利用这一独特而珍贵的历史文化资源,构建中华民族共有精神家园,与党的十七大报告提出的"弘扬中华文化,建设中华民族共有精神家园"的伟大号召相契合。黄帝是海内外中华儿女的共同祖先,是海内外中华儿女心相印、气相通、神相聚的历史见证。黄帝已经成为海内外炎黄子孙共同尊奉的人文始祖,黄帝文化已经成为一种寄托着中华民族美好记忆的文化符号,成为构建中华民族共有精神家园的重要载

203

体。黄帝故里拜祖大典,就是利用黄帝和黄帝文化这一重要载体弘扬中华文化、构建中华民族共有精神家园的有效形式。

探索建设精神家园的有效途径

弘扬中华文化,建设中华民族共有精神家园,需要形式多样的承载平台,需要有关方面的共同努力,更需要有切实可行的措施和行动。为了寻找这样的平台和载体,各地在弘扬中华文化的同时,都在努力探索建设中华民族共有精神家园的表现形式和承载主体,于是有了许许多多的寻根祭祖节会。这些活动以传统文化精神为纽带,以弘扬中华文化、建设中华民族共有精神家园为宗旨,以新的形式进行跨越时空的连接,赋予寻根祭祖等大型文化活动新的时代意义,深受海内外中华儿女的欢迎。如今,一些广有影响的寻根祭祖节会,已经成为弘扬中华文化、建设中华民族共有精神家园的有效途径之一。

河南新郑市是中华民族的人文始祖黄帝出生、创业和建都之地,在这里,黄帝带领先民们观天文,创文字,造舟车,播五谷,建宫室,奠定了中华民族之基,开创了华夏文明之源,书写了中华民族的辉煌开篇。早在春秋时期,为了让后人铭记黄帝对中华民族作出的伟大贡献,郑国相子产就曾主持过拜祭黄帝的活动。几千年来,中华民族历经沧桑和忧患,经历了分分合合,但对炎黄文化的认同感却有增无减。

随着时代的推移,中华民族日益强大,海内外炎黄子孙对中华民族人文始祖黄帝及以黄帝为代表的中华文化的认同感越发强烈。为了充分发挥黄帝和黄帝文化在构建中华民族共有精神家园中的特殊作用,经河南省人民政府批准,新郑市于1992年农历三月初三举办了首届炎黄文化节。每年一次的炎黄文化节吸引了美国、日本、韩国、加拿大等国家以及港、澳、台地区的炎黄子孙前来寻根问祖。自2006年开始,炎黄文化节更名为黄帝故里拜祖大典,并于这一年的农历三月初三,在新郑举办了中华首届黄帝故里拜祖大典。如今,黄帝故里拜祖大典已举办三届,并以其规格高、规模大、主题新、亮点多、影响广、效果好等特色,赢得了社会各界的关注和海内外炎黄子孙的广泛赞誉。

举办黄帝故里拜祖大典,不是发思古之幽情,不是崇古好古,而是为了延续中华民族文化之脉,弘扬中华民族之精神,更好地继承以黄帝文化为代表的优秀传统文化,为中华文化培根固土,使之根繁叶茂,万古长青。举办黄帝故里拜祖大典,不仅可以更好地弘扬中华民族的优秀文化,而且更重要的在于通过这种形式,增强全球华人的民族认同感和自豪感,正如一位与会学者所说:"黄帝文化创造了一个文明的开端,创造了一个统一的秩序,完成了创造文明源头的伟大任务,中华民族的认同就是从这儿开始的。"

黄帝故里拜祖大典之所以能够成为弘扬中华文化、建设中华民族共有精神家园的有效形式,首先在于它让人们重新认识了中华民族的人文始祖黄帝,认识了黄帝在中华民族形成过程中所发挥的重要作用以及黄帝文化的重要价值;其次,黄帝故里拜祖大典唤起了海内外炎黄子孙的情感记忆,加深了他们对黄帝和黄帝文化的认同感,增强了他们的文化归属感,为海内外炎黄子孙找到了共有的情感归宿和精神寄托。

在创新承载形式上做文章

弘扬中华文化,建设中华民族共有精神家园,是一项长期的工作,也是一项伟大而艰巨的任务,不可能毕其功于一役。因此,首先必须在承载形式上做文章,通过不同的、具有生命活力的承载形式,吸引和凝聚人心,以期形成共识,达到最大的和谐。

祭祀是传统礼制,"三礼"对各种祭祀都有严格的礼仪规定。如《礼记》对祭法、祭义、祭统都有严格规定和说明。"凡治人之道,莫急于礼。礼有五经,莫重于祭。夫祭者,非物自外至者也,自中出生于心也,心怵而奉之以礼。是故,唯贤者能尽祭之义",说明了祭祀的基本意义;"祭不欲数,数则烦,烦则不敬。祭不欲疏,疏则怠,怠则忘",指出了祭祀应遵循的基本原则。随着时代的发展与文明的进步,祭祀的内容和形式都已经发生了很大的变化。在许多时候和场所,祭祀仅仅是一种表达对死者的怀念之情和寄托哀思的形式。黄帝故里拜祖大典借助祭祀这样一种古老的形式,同时进行了多种形式的创新。

黄帝作为中华民族的人文始祖而享受祭祀,是非常遥远的事情了。即使到了今天,人们仍在以各种不同的形式,表达或寄托对黄帝的追思祭奠之情。新郑市祭祀黄帝的仪式就是在这种背景下出现的。自丙戌年(2006年)开始,新郑市的炎黄文化节改为黄帝故里拜祖大典,每年举办一次,如何坚持形式上的创新,就成了有关各方共同关注的问题。黄帝故里拜祖大典于每年的农历三月初三在新郑具茨山下举行,时间、空间、景物乃至人物的相同或相似,给拜祖大典的创新带来了不小的困难。要使拜祖大典持续保有其魅力和吸引力,就必须在创新承载形式方面做文章。

丙戌年的拜祖大典仪式,充分突出了中原文化和黄河文化的特色,其明显标志就是"五个一千",即千人少林表演、千人盘鼓、千人太极表演、千人舞狮、千人百家旗阵和民间文艺表演。拜祖大典的同一天,还举行了经贸旅游洽谈推介会。拜祖大典取得了精神文明与物质文明双丰收,被世界华侨华人社团联合总会称之为"历年来国内所有拜祖活动中最精彩、最震撼、最成功的一次世纪经典"。

丁亥年(2007年)的拜祖大典形式进一步创新。在黄帝故里景区前中华姓氏广场的东西南三侧,新建了高10米、长516米的大型姓氏拜祖背景墙,以满足各地炎黄子孙拜祖寻根的心愿;拜祖大典现场,增加了圣火台和点燃圣火仪式。在拜祖大典举行之前,主办和承办单位在郑州黄河风景名胜区中华炎黄坛广场,举行了规模盛大的炎黄二帝塑像落成典礼。拜祖大典期间,还分别在郑州和新郑举办了拜祖大典经贸洽谈暨旅游推介活动。中国国民党荣誉主席连战先生出席了拜祖大典,向中华民族的人文始祖轩辕黄帝表达崇高的敬意,衷心祈福两岸和平稳定繁荣发展。

戊子年(2008年)的拜祖大典又增加了千人吟诵经典名篇、

纵横谈

"上下五千年"电视诗歌朗诵音乐会、拜祖大典文艺晚会等喜庆而又富有活力的活动形式,拜祖大典期间还举行了2008年国内旅游交易会、世界旅游城市市长论坛、国际旅游小姐冠军总决赛,使拜祖大典的活动从会场内走向了会场外,从而使整个拜祖大典充满魅力与活力,吸引了全国乃至世界华人的眼球,让人们从拜祖大典中感受到了黄帝文化的永久魅力。黄埔军校同学会邀台湾及祖国大陆近百名退役将军组成"海峡两岸百名将军黄帝故里拜祖大典"参访团,共同参与黄帝故里拜祖大典,成为拜祖大典一道亮丽的风景。

创新是民族文化永续发展、永葆魅力的动力之源,是一个民族自立于世界民族文化之林的根本所在。弘扬中华文化,建设中华民族共有精神家园,也必须走创新之路。创新是全方位、多层次、多时空的,而承载形式的创新,是其中最为重要的一个方面。文化有其承载形式,有与其思想内容相适应的载体。黄帝故里拜祖大典,就是承载民族文化的一个平台,一种载体,一种形式。在新的时代和新的历史背景下,对这种古已有之的载体和形式既要保持其基本的仪式和程序,又要不断进行创新,使之符合新的时代需要,符合经济、社会、文化建设的新需要,符合海内外炎黄子孙维系民族情感、寻求民族认同、寄托民族理想的需要。连续三届的黄帝故里拜祖大典在承载形式方面的创新,对如何很好地利用这样一种承载形式,进行了积极探索,也为其他类似的节会提供了借鉴。

在提升文化内涵上下工夫

具有高度民族认同感、凝聚着海内外炎黄子孙共识的黄帝文化,显然不同于一般意义上的传统文化,它表现出来的创造精神、奋斗精神、和谐精神,以及它所具有的秩序、认同、仁厚、中庸等文化理念,已经深深根植于海内外炎黄子孙的文化基因中,成为中华民族的共识和财富,也是构建中华民族共有精神家园的重要文化内容。黄帝故里拜祖大典,不仅从仪式和程序上唤起了炎黄子孙的历史记忆,通过形式创新葆有其生命力和吸引力,而且还在提升大典的文化内涵上下工夫,以期通过黄帝故里拜祖大典,使炎黄子孙对中华文化的精神、理念和丰富内涵有更多的认识和更深的理解,对中华文化有更为契合的认同。

提升黄帝故里拜祖大典的文化内涵,不仅是使拜祖大典具有生命力和吸引力的需要,更是把黄帝故里拜祖大典打造成为世界华人寻根拜祖胜地,使之成为构建中华民族共有精神家园的有效形式和承载平台的需要。为此,就必须在不断进行形式创新的同时,不断丰富其文化内涵,提升其文化价值,使之真正成为一个具有丰富内涵的文化品牌,并在不断丰富其文化内涵的基础上增加这一文化品牌的内在价值,借此发挥黄帝文化和中原文化的吸引力、向心力和凝聚力。每届一个主题,显示出主办者在提升拜祖大典文化内涵上所做出的努力。

2006 年的拜祖大典以"盛世中国,和谐社会"为主题,着重

纵横谈

突出民族大团结及中华民族根脉文化和大河文化，并以拜祖为中心，以黄帝文化为主线，用黄帝文化精神去感染、号召全球华人为实现中华民族的伟大复兴而努力。拜祖大典还举行了千人吟唱黄帝颂歌的活动，通过这一活动，让更多的人了解中华民族的人文始祖黄帝的丰功伟绩。

2007 年的拜祖大典，以"和谐中原、和谐中国"为主题，旨在用中华民族的主体文化、根脉文化、源头文化，并以拜祖为中心，以黄帝文化为主线，增强民族亲和力、感召力，推动海内外华人实现中华民族的伟大复兴。先后举办了"中国新郑黄帝文化国际论坛"和"首届炎黄文化高层论坛"；拜祖大典文艺晚会的整场演出，以华语为主，以根文化为脉络，突出了中原文化的厚重特色和新鲜活力；拜祖大典推出的位于新郑市区东北部的黄帝文化苑，具有丰富的黄帝文化遗迹，集中展示出黄帝文化的深厚内涵和独特魅力。

2008 年的拜祖大典，文化内容更为丰富，文化内涵又有提高。拜祖大典以"共建中华精神家园，祈福北京奥运盛会"为主题，其间举行的"中国郑州炎黄文化周"，以"万龙归宗祈福中华"为主题，鲜明地突出了中原文化博大精深的"根文化"和"源文化"特色，黄帝故里文化讲座、黄帝文化国际论坛、非物质文化遗产精品展、"上下五千年"电视诗歌朗诵会等一系列文化活动，对弘扬中华优秀传统文化，增强民族凝聚力和民族自豪感，构建中华民族共有精神家园，具有积极意义，发挥了重要作用。许海峰、邓亚萍等 29 名奥运冠军应邀参加拜祖大典，表达了河南人民对第 29 届北京奥运会成功举办的期盼和祝福。

构建中华民族共有精神家园,需要在弘扬中华优秀文化的基础上寻找有效的承载形式和搭建平台,更需要不断丰富各种承载形式和平台的文化内涵,提升其文化价值和影响力。河南地处中原,是中华文明的发祥地,文化积淀非常深厚,文化资源非常丰富,文化影响力非常巨大,在弘扬中华文化、构建中华民族共有精神家园中肩负着重要使命。河南要充分利用这一有利条件,在努力做好自己的事情的同时,应该在构建海内外中华儿女共有精神家园的伟大事业中发挥特殊的作用。要充分发挥中原文化的资源优势,通过提升其文化内涵,增强其辐射力、吸引力、凝聚力和感召力,架桥梁,结纽带,为构建中华民族共有精神家园作出应有的贡献。

"黄帝所具有的天人合一、和而不同、开拓精神,是中华民族共同的精神财富,更是鼓舞中华民族面向未来的根本动力。"北京大学一位教授在黄帝文化国际论坛上说的这番话,概括地说明了黄帝文化的精髓和价值。河南新郑是黄帝故里,河南人有责任也有能力继承和发扬中华民族共同的精神财富——黄帝文化,并根据时代的需要对黄帝文化进行内容与形式的创新,提升其文化内涵,使之与当代社会相适应,与现代文明相协调,与人们的精神文化需求相一致,凝聚民心,反映民意,寄托民望,畅达民情,使之真正成为海内外炎黄子孙的情感归宿和精神家园。

要 点 提 示

——回顾历史，中华民族自古崇尚道德，中原大地更是英模辈出。厚重的中原传统道德是我们取之不尽、用之不竭的无穷宝贵资源。

——只有切实加强思想道德建设，充分发挥道德的巨大力量，才能为顺利完成中原崛起的伟大事业提供强有力的思想道德保障。

——要进一步切实加强思想道德建设，努力提高全民的道德修养，让道德在每一个人的心灵上空放射出更加璀璨的光芒。

感动中国的河南人

——从谢延信等入选全国道德楷模说起

"当命运的暴风雨袭来时,他横竖不说一句话,生活的重担压在肩膀上,他的头却从没有低下!用 33 年辛劳,延展爱心,信守承诺。他就像是一匹老马,没有驰骋千里,却一步一步地到达了善良的峰顶。"这是感动中国组委会授予谢延信的颁奖词,也是对他道德操守的最好评价和褒奖,而此前,他刚刚入选全国道德楷模,成为各地学习的榜样。一年多来,谢延信的感人事迹在神州大地引起了强烈反响,其孝老爱亲的故事已经妇孺皆知,其大孝至爱的精神可谓感天动地,作为 9 700 万河南人的一位突出代表,他像一座丰碑,让人感受到了道德的巨大力量,他更是一个缩影,让人看到了涌动中原的文明浪潮。

中原热土孕育道德楷模

　　2007 年 9 月 20 日,首次全国道德模范评选表彰大会在北京隆重举行,这是新中国成立以来规模最大、规格最高、评选范围最广的一次表彰活动。在这次评选中,伺候瘫痪岳父 18 年、照顾多病岳母和呆傻妻弟 32 年的谢延信;置生死于度外、火车轮下勇救儿童的李学生;不顾个人安危、惊涛骇浪中下海救人的魏青刚;深怀感恩之心、志愿服务西部、靠打工提前还清助学贷款的王一硕;不顾江水冰冷湍急、勇救落水老人的赵传宇;背着捡来的妹妹上学、自立自强的洪战辉,共 6 名河南人当选"全国道德模范",占全部当选人数的 1/9,在各省、区、市中名列第一。道德模范英雄辈出的河南,自然也成为"感动中国"人物频出的热土。2002 年,中央电视台首次启动"感动中国"年度人物评选活动,6 年来,"感动中国"已成为凝聚国人民族精神、彰显人性道德力量的有效载体。而在这 6 年的评选中,我省共有 8 人入选"感动中国"模范人物,占全部入选人数的 1/8,又是名列全国第一。

　　这两个"全国第一"绝非偶然,它正是厚重河南、道德中原的真实反映。回顾历史,中华民族自古崇尚道德,中原大地更是英模辈出。从黄河母亲的源起到历代王朝的更换,从革命战争年代到和平建设时期,中原大地作为华夏文明重要的发源和传承中心,一直是一块崇尚英模、造就英模、英模辈出的热土,蕴藏着丰厚的道德传统和人文积淀。从远古坚韧不拔的愚公到现代鞠躬尽瘁的焦裕禄,从为民死谏、号称"天下第一仁"的比干,到背负慈母刺字、一生"精忠报国"的岳飞,从老子"无为而治"的道家思想,到今天"以德治国"谋求和谐中原的伟大实践,厚重的中原传统道德是我们取之不尽、用之不竭的无穷宝贵资源。

进入新世纪新阶段,河南省委、省政府以《公民道德建设实施纲要》的颁布实施为契机,出台多项措施,采取各种形式,切实加强思想道德建设,从"道德规范进万家、诚实守信万人行"到"热情迎奥运、文明我先行",从"为当地作贡献、为河南添光彩"的"双为"活动到"家庭和睦、邻里和美、人际和谐"的"三和行动",全省思想道德建设工作既轰轰烈烈又踏踏实实,取得了丰硕成果。作为全省人民的优秀代表,河南近年来在全面建设小康社会、实现中原崛起的伟大实践中,更是涌现出了一大批像谢延信一样,在全省乃至全国具有重要影响的道德模范,他们的一点一滴,深深震撼着中原儿女,他们的一言一行,展示了高尚的精神境界,成为引领中原良好风尚、推动社会主义道德建设的时代楷模。

中原崛起呼唤道德支撑

党的十七大报告强调,要切实加强社会公德、职业道德、家庭美德、个人品德建设,充分发挥道德模范的榜样作用。道德作为人们共同生活及其行为的准则和规范,从其本义看,似乎没有明显的外在力量,但纵观古今中外,它对个人、民族、社会、国家都产生着举足轻重的影响:它能深刻影响个人的人生观和价值观,它能造就一个民族的素质、培育民族的精神,它能推动整个社会的不断文明进步,它能改变一个国家的面貌、促进国家的发展。胡锦涛总书记2007年在会见全国道德模范时曾强调,道德力量是国家发展、社会和谐、人民幸福的重要因素。温家宝总理在出访美国的演讲中指出:一个企业家身上应该流着道德的血液。温总理是针对"三鹿奶粉事件"发此感言的,而需要接受教训的应该是全体国人,只有每一个中国人身上都流淌着道德的血液,才能促进我们中华民族更大的发展。

道德的力量是无穷的,建设中国特色社会主义事业需要道德力量的全面支撑,对于中国是如此,对于正在谋求跨越式发展的河南来说更是如此。当前,河南人民正在从事实现中原崛起这项伟大而艰巨的事业。5年前,当我们把"中原崛起"的战略目标庄严地写进《河南省全面建设小康社会规划纲要》中时,9700万河南人就开始了朝着这一目标奋斗的豪迈进程。这是一个振奋人心的宏伟目标,也是一个前所未有的艰巨任务,它需要汇集每个人的智慧,更需要集中各方面的力量,特别是需要道德这种特殊力量的全面支撑。甚至从某种程度上可以说,只有切实加强思想道德建设,充分发挥道德的巨大力量,才能为顺利完成中原崛起的伟大事业提供强有力的思想道德保障。

虽然河南一贯注重思想道德建设,当前社会风气的主流是好的,但同全国的大形势一样,道德失范的现象也时有发生。近年来,我国经济社会发展进入关键时期,经济体制深刻变革,社会结构深刻变动,利益格局深刻调整,思想观念深刻变化,人们的道德观念也随之呈现出复杂多变的特征,诸多因素导致出现道德滑坡。特别是在市场经济大潮的冲击之下,一些人的精神被物质打败,金钱俘获了道义,道德缺失,拜金主义,见利忘义等沉渣泛起,这种现状,和全省人民齐心谋求科学发展、积极构建和谐中原、奋力实现中原崛起的战略要求极不适应。因此,下更大的力气,做更大的努力,彻底改变目前道德滑坡的现状,以道德的力量助推中原崛起,就成为全省人民的呼声,成为河南实现跨越式发展的迫切要求。

以道德建设提高河南人民的素质,提升河南人民的形象。虽然决定素质和形象的因素很多,但道德修养无疑是其中核心之一。通过这些年来坚持不懈的道德建设,河南人民的整体素质有了很大提高,曾一度被"妖魔化"的河南人形象也有了很大改善,但公民道德建设仍有很大的提升空间,我们任重而道远。中原崛起的伟大事业,最终要分解落实到每个河南人的肩上,只有通过更加切实有效的道德建设,全体河南人民的素质明显提高了,形象彻底改变了,力量更加强大了,才能最终形成无坚不摧的合力,完成这前所未有的事业。

以道德建设营造良好的发展环境,努力实现经济的跨越式发展。从全国的形势看,特别是同东部发达省份相比,河南仍是一个经济欠发达省份,要想实现全面建设小康社会、奋力实现中原崛起的宏伟目标,必须充分调动一切力量,实现跨越式发展。跨越式发展如何实现?切实加强社会主义道德建设,有利于激励广大干部群众始终保持积极进取和昂扬向上的精神状态,破解经济社会发展中的矛盾和难题;有利于引导广大干部群众增强节约意识、环保意识,推动整个社会走上生产发展、生活富裕、生态良好的文明发展之路,实现经济又好又快发展;有利于改善地区发展软环境,增强对外部的吸引力,有效激活内部的潜力,最终形成加快发展的合力,推动实现经济的跨越式发展。

以道德建设加快和谐中原的构建,让人民生活的更幸福。经济发展是基础,社会和谐、人民幸福才是最终目的。河南近年来经济发展形势较好,但同时更需要加强和谐中原建设,努力提高居民的幸福指数。加强社会主义道德建设,对于进一步倡导爱国、敬业、诚信、友善等道德规范,弘扬我国传统文化中有利于社会和谐的内容,建立和完善符合传统美德和时代精神的行为规范,培育注重提升个人品德,自觉遵守社会公德、职业道德、家庭美德的社会风尚,形成科学、健康、文明的生活方式,增进团结互助、平等友爱、扶贫济困、礼让宽容的人际关系等,都具有十分积极的意义。因此,从这层意义上讲,构建更加和谐的中原大地,为河南人民谋求幸福美好的生活,更需要进一步切实加强社会主义道德建设。

让道德的光芒更加璀璨

让道德在中原遍地开花,人人都成为一个有道德的人,让文明道德成为我们最基本的生活方式,这是 9 700 万河南人的自信,也是我们努力奋斗的目标。为了早日实现这个理想,需要我们进一步切实加强思想道德建设,努力提高全民的道德修养,让道德在每一个人的心灵上空放射出更加璀璨的光芒。

以教育提升道德修养。教育是提升公民道德修养的主渠道,加强道德建设首先要抓好教育、打牢基础。教育要特别突出党员干部和青少年这两个重点,党员干部是良好社会风气和道德风尚的引领者和促进者,青少年是中国特色社会主义事业的接班人,这两个群体综合素质特别是道德素质的高低,直接影响中国特色社会主义事业的兴衰成败。要紧紧抓住社会主义核心价值体系这一社会主义制度的内在精神和生命之魂,深入开展教育活动,努力形成全体人民奋发向上的精神力量和团结和睦的精神纽带,特别是要结合我省改革发展的实际,大力弘扬愚公移山精神、焦裕禄精神、红旗渠精神,激励全省人民开拓创新、成就伟业。要牢牢抓住影响人们道德观念形成和发展的家庭、学校、机关、企事业单位和社会这五个重要环节,努力把各环节紧密结合起来,相互配合、相互促进,使社会主义道德观念更加深入人心。要坚持灌输教育与自我教育、思想教育与纪律教育、传统教育手段与现代化教育手段相结合,加强示范教育,深化警示教育,增强教育的针对性、有效性和持久性。

以实践推动道德建设。知易行难,行重于言,仅有教育是远远不够的,只有通过道德实践,才能把外部的道德教育转化为每个公民内在的道德品质,才能实现道德认知和道德行为的有机统一。道德实践要与倡树社会主义荣辱观相结合,使广大干部群众特别是青少年在实践中辨荣辱、受教育、长才干、作贡献;道德实践要与精神文明创建活动相结合,使广大群众在参与中陶冶情操、启迪思想、净化心灵；道德实践要与解决突出问题相结合，从解决公民行为习惯和社会风气中存在的突出问题入手，坚决改变群众反映强烈的社会不良风气，让人们切身感受到道德建设的强大力量和推动作用。总之，不同行业、不同群体都要从实际出发，开展内容具体、特色鲜明的道德实践活动，把道德建设贯穿到社会生活的各个领域、各个方面，最大限度地吸引群众参与，努力形成人人身体力行、个个自觉践行社会主义道德的局面。

以法纪规范道德行为。法纪是加强社会管理、规范人们行为的重要手段，当一个人的行为违背了道德准则时，法纪的威慑和制裁就成为约束行为、维护道德的最后一道防线，因此，加强社会主义道德建设、提高人们的道德修养，既要注重宣传教育，又要依赖法纪约束。一方面要建立健全各项政策法规、制度守则等，对符合道德规范的行为给予鼓励，对违反道德规范的现象加以制约；另一方面要加强对社会成员，特别是广大党员干部的教育、引导、管理、监督，使大家自觉加强党性锻炼，常修为政之德，常怀律己之心，常思贪欲之害，常除非分之想，重品行，讲操守，自重、自省、自尊、自爱，慎独、慎欲、慎言、慎行，做遵纪守法的楷模。

以典型树立道德榜样。榜样的力量是无穷的，谢延信等道德楷模的事迹不知感动和激励了多少人，很多网民跟帖留言：从来不知道伟大可以这样具体，感动可以这样彻底，人生可以活得这样博大无私。同这些道德楷模一样，全省全国各条战线各个方面涌现出来的先进人物，深深扎根于广大群众之中，在平凡的人生中坚守着道德的准则,实践着人生的价值,体现了中华民族的优秀品质,反映了社会发展进步的时代精神,激发了人们追求真善美的强烈共鸣,是广大人民学习的榜样,是加强社会主义道德建设的宝贵资源。要进一步充分发挥这些模范人物的示范带动作用,通过多种形式把先进典型的崇高思想品德传播到广大群众中去,引导人们分清是非荣辱,明辨善恶美丑,用先进典型影响人、感召人、带动人,努力形成学先进、赶先进、当先进的良好社会氛围。

以舆论引导道德风尚。良好的道德风尚、健康的社会氛围,对于统一思想、规范行为、塑造心灵具有十分重要的促进作用。要营造浓厚的舆论氛围,比如采取灵活多样的形式,宣传道德模范的先进事迹和崇高品德,特别是宣传群众身边看得见、摸得着、学得到的"平民英雄"和基层涌现的"凡人善举",使广大群众在潜移默化中见贤思齐、创先争优。要营造浓厚的文化氛围,充分发挥先进文化启迪思想、陶冶情操、传授知识、鼓舞人心的重要作用,引领社会主义文化思潮。要营造浓厚的社会氛围,充分利用各类爱国主义教育基地、文化馆、博物馆等阵地,开展丰富多彩的公民道德建设宣传普及活动,使人们从我做起、从现在做起、从身边小事做起,不断提高公民的道德素质和全社会的文明程度。

加强社会主义道德建设,关键在党,基础在民。我们相信,有党中央的坚强领导,有省委、省政府的不懈努力,有9 700万河南人的热情投入,中原道德建设一定会取得累累硕果。让我们大家一起努力吧,让道德在中原大地上放射出更加璀璨的光芒!

纵横谈

要 点 提 示

　　——义马市以完善机制为重点，以维护群众利益为根本，改进群众工作方法，初步探索出了一条做好新形势下维护稳定工作的新路子。

　　——信访工作是改善民生、促进民和、确保民安的重要手段，是构建社会主义和谐社会的基础性工作，也是衡量和谐社会建设水平的重要标尺。

　　——办好人民满意的信访，必须进一步创新工作思路、工作方法和工作机制，全面提高信访工作水平。

办好人民满意的信访

——从"义马信访模式"谈起

　　说起信访局,很多人的脑海里会闪现出这样的场景:人头攒动的信访群众言辞激动地诉说,口干舌燥的信访干部一脸疲惫地劝解……但在河南省义马市,信访局被当地人民亲切地称为"群众之家"、"咱们的群工局",赞美之情溢于言表。近年来,河南省三门峡市下属的义马市,因其实现了进京上访零目标而受到社会各界的关注。中央领导同志先后作出重要批示,要求在全国推广义马经验;新华社、人民日报社、中央电视台等主要媒体,对义马市创新群众工作的经验,进行了集中宣传报道;全国27个省、自治区、直辖市的200多个考察团到义马学习考察。一时间,"义马信访模式"成为舆论的热点。

用创新精神破解信访难题

　　2005 年年初,义马市在全国首创"群众工作局"和"群众工作部",这个机构除履行信访局的职能外,还组织民政、司法、科技、建设、公安、国土资源、人事劳动和社会保障等部门人员到群众工作部集体办公,联合接访;每天都有一位四大班子成员值班,协调解决群众诉求;该市还创出了信访周会审、信访代理、流动调解等制度。义马市以创新理念为先导,以完善机制为重点,以维护群众利益为根本,改进群众工作方法,初步探索出了一条做好新形势下维护稳定工作的新路子。

　　一是在坚持以人为本的理念上,更加注重改善民生。近几年来,义马市经济社会实现又好又快发展,在全省县域经济的综合实力排序已经从 2001 年的 29 位上升到 2007 年的第 5 位。市财政对民生预算专项资金,年均增长 38% ,为人民群众办了许多好事和实事。比如,义马已经做到了城乡低保合并和全民医保,这在全国一些发达地区也没有做到;城市和农村同步免除学杂费。义马市坚持把做好群众工作放在突出位置,通过经济发展和群众工作,让广大人民群众得到实实在在的利益,从而保证了社会的和谐稳定,得到了广大人民群众的认可和拥护。

　　二是在坚持人民信访为人民的理念上,更加注重民意。义马提出来的民意沟通机制、评估机制,实际上都是为了掌握民意,倾听群众呼声,特别是与群众利益息息相关的群众呼声。义马信访的一条重要经验,就是跳出信访看信访,跳出信访抓信访,通过群众工作解决信访问题,用群众工作统揽信访工作,把"等访"变为"下访",抓好源头,化"堵"为"疏",服务群众,防止和减少了由信访工作不力引发的问题,切实维护了群众的根本利益。

三是在信访体制上,不断创新工作机制。注重制度建设、注重机制建设,从组织机构、工作条例、工作方法、资金投入等方面,来构建做好群众工作的制度和机制,是义马经验的重要内容。义马在整合行政资源、建立工作平台方面,在健全网络体系、开展评议奖惩、促进干部真正重视群众工作等方面,逐步形成了在新形势下做好信访的长效机制。

近年来,为破解新时期信访难题,河南省委、省政府在全面促进社会和谐发展的进程中,深刻把握新时期信访工作的规律,在全省积极推广"义马经验",信访形势发生了可喜变化。2007年以来,河南信访形势继续向好的方向发展,发生了"三下降一好转"的积极变化:即来访总量明显下降、越级上访明显下降、赴京非正常上访下降、信访秩序明显好转。

河南用创新精神破解信访难题的基本经验,概括起来主要有以下方面。

以信访评估夯实源头预防。2007年7月,河南省委、省政府出台信访评估制度,要求全省各级各部门在制定实施涉及群众切身利益的重大决策事项前必须进行信访评估,开展民意调查,综合分析论证,根据评估结果完善后执行、暂缓执行或终止执行决策事项。房屋拆迁类问题是各地目前比较突出的信访问题之一。漯河市 2007 年下半年在沙澧河开发建设工程中,由于严格落实信访评估,有效破解了沙澧河沿岸房屋拆迁难题,短短两个月内顺利完成了沙澧河沿岸长达 10 多公里,涉及 5 699 户居民、27 000 余人、136 万平方米房屋的拆迁,没有发生一起信访案件。2007 年 7 月至 12 月,全省共评估重大决策事项 140起,其中群众拥护并顺利实施的 84 起,评估完善后实施的 46起,被否决的 6 起。

以群众理念拓展工作职能。河南省将群众理念引入信访工作中,以群众工作统揽信访工作,赋予信访部门更多群众工作职责。赋予民意效能监察职责,站在群众立场上,广泛收集社情民意,对各级各部门涉及群众利益的具体工作进行监督评价,提出意见和建议,检验工作成效。赋予对困难群体进行救助的职责,强化行政救济手段,解决困难群体最关心、最直接、最现实的利益问题,弥补对困难群体救助方面存在的薄弱环节,维护社会公平正义。截至目前,全省 18 个省辖市已有 15 个成立了市委群众工作部,158 个县(市、区)全部成立了县(市、区)委群众工作部。各级党委群众工作部在贯彻落实党的群众路线和信访工作决策部署、研究制定群众工作政策、监督检查涉及群众利益的各项工作落实、集中反映社情民意、排查化解矛盾纠纷、服务以改善民生为重点的社会建设等方面发挥着重要职能作用。

以督查督办解决疑难问题。2007 年以来,河南省健全督查督办机制,解决了一大批多年积累的重大疑难信访案件。对涉法涉诉、土地征用、城建拆迁、劳动社保、国企改革等系统性信访问题,由省直主管部门实施专项治理,加大指导力度,督促问题解决。对历史性信访问题,多次召开分析研判会,明确责任部门跟踪督办。对越级上访、重信重访、省领导批办的案件实行逐案逐事督查,落实办理和稳控责任。省委、省政府定期从省直部门选派副厅级干部到省信访局任督查专员,参与开展信访督查工作。2007 年省信访局立案突破万件,年终结案率达 98.2%。群众对信访工作满意度明显上升,年终考核走访调查,信访人对信访工作满意和基本满意的达 91.5%。

以责任追究强化工作成效。河南在多年实施的对省辖市党委、政府信访工作考核基础上,2007 年年初制定《河南省省直部门信访工作考评暂行办法》,将省直部门信访工作纳入目标考核范畴,20 个信访工作任务重的省直部门向省委、省政府递交年度信访工作目标责任书,明确了责任。建立完善信访问责机制,实施责任倒查,强化责任主体的责任。2007 年 7 月,省委、省政府专门出台《信访问责暂行规定》,在省信访局成立信访问责工作组,由一名副局长任组长,负责问责调查,提出问责建议。据不完全统计,2007 年全省各级党委、政府共追究责任单位 578 个,追究责任领导和责任人员 532 人次。

构建社会和谐的"润滑剂"

党的十七大报告指出,社会和谐是中国特色社会主义的本质属性。完善社会管理,维护社会安定团结既是人民群众的共同心愿,也是改革发展的重要前提。信访工作作为党和政府倾听群众呼声、体察群众疾苦、维护群众利益的重要渠道,是改善民生、促进民和、确保民安的重要手段,是构建社会主义和谐社会的基础性工作,也是衡量和谐社会建设水平的重要标尺。

信访工作,常被喻为社会关系的"润滑剂",社会矛盾的"调节器"。当前我国社会正在发生深刻的变化,随着改革的不断深入,社会经济成分、组织形式、就业方式、利益关系和分配方式的不断变化,由此而引起经济利益的重大调整,产生了新的人民内部矛盾。社会转型的关键时期,往往也是一个"矛盾凸显期",各种利益关系复杂,信访工作难度加大。人民内部有矛盾并不可怕,关键在于正视矛盾,面对矛盾,积极妥善地处理矛盾。在新的形势下,坚持"以人为本,信访为民"的工作理念,不断探索和创新信访工作机制,积极妥善地化解各类矛盾,充分发挥了信访工作在构建和谐社会中的独特作用。

信访工作是构建和谐社会的"晴雨表"。和谐社会不是没有矛盾的社会,社会一旦有了矛盾就会以不同形式、通过不同渠道逐步显现出来。而信访工作无疑是党和政府发现矛盾的"显微镜"、反映民意的"晴雨表"、掌握社情的"直通车",是构建和谐社会的"基础"和"前哨",是为民排忧解难的"德政"和"善政"。畅通无阻的信访渠道,不仅使得民情顺利上达、民愿充分反映、民智得以集中,也使得民怨得以合理的释放,矛盾得以有效化解,社会和谐程度有了大幅度的提升。

信访工作是构建和谐社会的"润滑剂"。和谐社会是以人为本的社会,和谐社会的构建,在一定程度上讲,关键是要在化解矛盾上下工夫。只有主动发现矛盾、正视矛盾、化解矛盾,最大限度地增加和谐因素,最大限度地减少不和谐因素,才能不断促进社会和谐。实践中,要始终坚持"群众利益无小事",将解决信访群众的合理诉求作为信访工作的第一要务,着力化解社会矛盾,努力提高信访群众的幸福感和满意度,努力使社会各方面的利益得到妥善处理,努力使社会公平正义得以体现,努力使全体社会成员都能共享经济社会发展的成果。最大限度地减少不和谐因素,使信访工作真正成为构建和谐社会的"润滑剂"。

信访工作是构建和谐社会的"安全阀"。和谐社会不是无序的社会。社会一旦无序,就无和谐可言。建立一个"畅通、有序、务实、高效"的信访工作秩序,是友好和谐的信访环境的重要前提,也是社会和谐发展的重要标志。信访工作始终牵挂群众的疾与苦,冤与怨,痛与泪,倾听他们的呼声,关注他们的愿望,解决他们的困难,维护他们的尊严,让他们的难有处诉,冤有处申,愿有处偿。实践证明,民生问题在基层得到较好解决,才能营造和谐环境,维护社会稳定。

信访工作是构建和谐社会的"助推器"。和谐社会人人共享,促进和谐人人有责。构建社会主义和谐社会,必须拓宽群众的参政议政渠道,充分发挥人民民主,保障人民参政议政的权利。信访工作就是为了充分保障人民群众行使民主权利进行的具有社会主义特色的制度设计,为人民群众参与民主决策、民主管理、民主监督提供条件、搭建平台。人民群众是智慧源泉,是胜利之本。广泛听取群众的意见和建议,不仅有利于科学决策、民主决策、依法决策,也有利于接受群众监督,加强党和政府的自身建设。广集人民建议,引导更多的上访群众把聪明才智和精力财力转移到发家致富上来,不断提升信访工作层次,使信访工作真正成为构建和谐社会的"助推器"。

信访工作是人民群众同党和政府沟通的"连心桥"。信访就是送上门的群众工作,是人民群众同党和政府沟通的"快速通道"。信访数量增多,是社会经济转型时期不可避免的现象。信访工作是党和政府密切联系群众、了解社情民意的一种制度化形式。群众信访是各级领导机关及其负责人联系群众、了解社会情况和民间信息的重要渠道。通过群众反映问题,政府调查后予以解决,能实现"为人民服务"的承诺,体现党和人民群众的血肉关系。

不断提高人民群众对信访工作的满意度

河南是全国第一人口大省,同时也是一个欠发达地区,在经济社会转型时期,社会矛盾相对突出,信访工作面临着许多新情况新问题。做好新时期的信访工作,办好人民满意的信访,必须进一步创新工作思路、工作方法和工作机制,全面提高信访工作水平。

办好新时期人民满意的信访,必须坚持以人为本,始终把实现好、维护好、发展好人民群众的根本利益作为一切工作的出发点和落脚点。只有坚持以人为本,感情上贴近群众、思想上尊重群众、工作上依靠群众、发展上为了群众,才能真正把人民的利益放在高于一切的位置,赢得群众的拥护和支持,使我们的事业深深根植于人民、兴盛于人民、造福于人民。

不断提高人民群众对信访工作的满意度,必须明确各级党委和政府的信访责任,加大解决信访问题的力度。一是实行属地管理,分级负责。把问题解决在基层,把矛盾化解在萌芽和未激化之时,不能将矛盾推给上级党委和政府。超过事发地党委、政府职责和解决能力的,可由其上一级党委、政府协调解决。二是做到谁主管,谁负责。在明确信访事项归各级党委、政府之后,进一步落实到党政主管部门,信访人所反映问题的党政主管部门应当承担具体办理责任,不能把问题推给党委和政府。三是各级党委、政府及其主管部门坚持做到依法、及时、就地解决问题。高度重视初访,提高处理信访问题的效率,迅速、快捷地在当地解决群众信访反映的问题,不能一推了之或把所有矛盾引向信访机构,让小事酿成大事,小矛盾酿成大矛盾。

整合各种社会矛盾调处机构,规范信访部门职能权力,真正形成党政统一领导、信访部门督促协调、统筹兼顾、标本兼治、各负其责、齐抓共管的"大信访"格局。一是通过基层社会治安综合治理工作网络及时了解群众关注的热点和难点问题,尽快采取措施加以解决;二是强化社会联动调处,把各种矛盾纠纷解决在当地,解决在基层,解决在萌芽状态;三是充分发挥行政复议和仲裁在解决行政、经济纠纷方面的作用,分流部分信访问题;四是规范信访部门职责权力,提高信访工作质量;五是强化各级司法机关接受公民告诉、申诉及处理案件的责任和能力,把社会矛盾的解决引导到司法渠道,逐步减少信访以及伴随信访的非制度化公民的政治行动。

畅通信访渠道,实行阳光信访。一是党政机关要做到信息公开,实行阳光信访;二是运用现代化的信息手段,不断开辟新的信访渠道,建立信访工作信息系统;三是建立政府主导、社会参与、有利于迅速解决纠纷的机制。探索信访代理制度,鼓励和扶持各类社会中介组织逐渐介入信访代理领域,使之承担社会领域中的社会责任,以培养与现代法治社会相适应的公民社会。

维护信访秩序,推进依法治访。依法治访是依法行政的重要内容,也是我国信访制度建设的基本方向。实践证明,做好群众工作、信访工作,必须深入贯彻实施《信访条例》,健全完善与之相配套的科学规范的法规、规章和制度体系,形成长效机制,做到有法可依、有章可循,通过依法治访,把信访制度纳入法制化建设的道路。

信访问题是我国经济、政治、社会问题的综合体现,只有将信访制度改革与整个社会体制改革结合起来,积极、谨慎推进民主政治建设,完善公民参与政治制度,解决贫穷、贫富差距过大、腐败和社会不公正等问题。各级党委和政府正确履行职责,着力解决关系群众切身利益的问题,完善就业服务体系、社会保障体系和社会救助体系,坚决防止和纠正各种损害群众利益的行为,做到科学决策、民主决策、依法决策,从源头上预防和减少矛盾纠纷,才是治本之策。

要 点 提 示

——中国互联网从信息时代的新发明到治国理政的新平台,标志着互联网大众化时代的到来。

——面对日益勃兴的网络文化以及由网络文化所引起的巨大变化,我们应该顺应时代发展,与时俱进,抓住网络现在,把握文化未来。

——要以创新的精神应对网络:注重技术创新,突出文化创新,促进传播创新,加大管理创新。

拥抱网络时代的到来

——抓住网络现在与把握文化未来

2008 年 7 月 28 日下午 3 时，河南省委书记徐光春做客大河网《河南在线对话》栏目，与网友就"继续解放思想，加快中原崛起"这一主题进行交流，大河网直播页面和论坛留言板点击率达百万次，网友留言近 10 万条。8 月 6 日下午，代省长郭庚茂就"继续解放思想，推动河南经济社会又好又快发展"这一主题与网友进行互动交流，也收到了很好的效果。省委、省政府主要领导到网络媒体做客，与广大网友实时交流，这在河南还是第一次。一方面说明省领导更加注重与广大百姓直接沟通，倾听人民的心声；另一方面，也说明了网络媒体在传播信息方面具有传统媒体所不具备的优势，善于利用网络新媒体是时代发展的要求。当前，互联网已成为思想文化信息的集散地和社会舆论的放大器，由互联网迅速兴起的网络舆论与网络文化正在迅速兴起，如何利用互联网的优势，建设社会主义先进文化成为当今人们思考的重要问题。

网络大众化已经来临

2008 年 7 月,中国互联网络信息中心(CNNIC)在京发布《第 22 次中国互联网络发展状况统计报告》。数据显示,截至 2008 年 6 月底,中国网民总人数达到 2.53 亿,网民规模跃居世界第一位。

随着网络的快速发展,中国网民规模继续呈现持续快速发展的趋势。2008 年比去年同期增长了 9 100 万人。从上网的人员来看,中国网民的主体仍旧是 30 岁及以下的年轻群体,这一网民群体占到中国网民的 68.6%,超过网民总数的 2/3。从学历的角度看。目前高中学历的网民比例最大,占到 39%。随着网民规模的逐渐扩大,网民的学历结构正逐渐向中国总人口的学历结构趋近,这是互联网大众化的表现。过去人们总以为,互联网的使用人群主要在城市,现在随着"村村通电话"、"乡乡能上网"、"乡乡有网站"等乡镇信息化普及工程的推进,我国农村网民也在迅速增长,这一事实表明,一个真正的网络大众化时代已经到来。

网络文化作为一种新兴文化不仅显示出前所未有的巨大能量和广泛影响,也引起了国家领导人的高度关注和重视。2007 年新年伊始,胡锦涛总书记在主持中央政治局集体学习世界网络技术发展和中国网络文化建设时强调"我们必须以积极的态度、创新的精神,大力发展和传播健康向上的网络文化",在接下来召开的有关全国网络文化建设和管理工作的专门会议上，中央对网络文化建设提出了一系列的要求。2007 年 10 月召开的党的十七大报告更是从指导全党全国工作的高度提出，要"加强网络文化建设和管理，营造良好网络环境"，为网络文化建设和管理指明了方向。2008 年 6 月 20 日，胡锦涛总书记来到人民网，与网友在线交流，这短暂的几分钟，蕴涵着丰富的内容。总书记"抽时间尽量上网"，"认真地去阅读、去研究"网友发出的帖子，把互联网作为"了解民情、汇聚民智"的重要渠道。这样的信息，体现着党和政府通过互联网推进决策科学化、民主化的远见卓识，让人重温了十七大清晰而坚定的声音："从各个层次、各个领域扩大公民有序政治参与。"

中国互联网从信息时代的新发明到治国理政的新平台，标志着互联网大众化时代的到来。网络已经成为人们获取信息、参与政治、表达意见、传播文化的主渠道，成为人们精神文化生活不可或缺的组成部分。互联网的诞生和使用大大改变了人们的获取信息的方式，过去人们获取知识和信息的渠道主要依靠纸媒体和纸介质，现在可以通过网络了解信息、学习知识。第五次中国国民阅读调查显示，我国的网络阅读首次超过纸质图书阅读。另外，人们利用互联网还可以进行商务交易、休闲娱乐、交往联系，甚至通过博客、播客、维客等多种形式来创作和传播网络作品。人们既是网络文化的享受者，又是网络文化的创造者，像《老鼠爱大米》这样的流行歌曲、《明朝那些事儿》这样的文学作品，都是产生于网络、兴盛于网络又被社会所公认的文化作品。可以说，网络文化的社会影响越来越大，在人们精神文化生活中的地位越来越突出。

　　网络也已经成为各种思想文化碰撞的平台、利益诉求的集散地。作为一个公共信息传播平台，任何人都可以在这个平台上发表意见。中国现有 BBS 论坛 130 万个，规模全球第一。网络的兴盛，大大拓展了中国社会的舆论空间，深刻影响着社会生活的各个方面。从广州"孙志刚案件"到重庆"彭水诗案"，从重庆"钉子户"，到陕西"华南虎"，从抗击雨雪冰冻灾害到奥运圣火传递，互联网对社会舆论的聚集起到了巨大的推动作用，已经成为社情民意的重要窗口。特别是在 2008 年抗震救灾过程中，互联网更是起到了前所未有的作用。截至 6 月 10 日，人民网、新华网、央视网、中国网共发布抗震救灾新闻 29.5 万条，新浪、搜狐、网易、腾讯整合发布新闻 26.4 万条，它的速度之快，信息之多，人气之旺，使互联网迅速成为震后"即时通讯"，在互联网呈现的大视野里，人们看到了坚强的领导、不屈的精神、伟大的国家和热情的民意。

　　这一切，见证着网络的巨大影响，网络不仅是作为工具在现代社会得到普遍使用，更重要的是它所搭建的平台，激活了传统文化，创造了前所未有的现代文化，它所产生的现实作用，成为人们不容忽视的客观存在。

时不我待：抓住网络信息化的历史机遇

　　网络之所以产生如此巨大的影响是与它在技术上的先进性

纵横谈

分不开的。迄今为止，人类的文化已经历了这样 5 个时代，口语时代、文字时代、机械印刷时代、电子时代、互联网时代。口语时代和文字时代由于生产力还不发达，科技发展的水平还比较低，其文化发展相对缓慢。只有到了机械印刷时代，人类的文化才从单一的人际传播一下子发展到广泛的大众传播。1456 年古登堡发明的第一部手摇印刷机对于人类文明具有重要的意义。此后，以机器印刷术的发明促成了现代报业和出版业的诞生。而到了电子时代，随着电子模拟技术和照相技术的诞生，广播和电视应运而生。1876 年的电话发明，1895 年的电影诞生，1920 年的世界第一座广播电台 KDKA 的播音，1936 年世界第一座电视台 BBC 电视节目的传送，说明人类一步一步进入声画合一的传播时代。而随着数字技术和电脑的发明，人类文化的互联网时代也随之到来。

　　相对传统的报业、出版、广播电视，互联网文化的优势是非常明显的。第一是数字化。原来传统媒体无法兼容的文字、声音、图像在数字技术出现之后都可以变成数字格式进行保存和传输。第二是互动性。传统的媒体的传播是单向的，传者是主动的，受者是被动的，而互联网出现之后传受双方可以轻松地通过网络进行信息互动。第三是兼容性。传统媒体的传播路径是单一的，效果是有限的，报纸作为纸媒体无法实现影像化的流动，而广播电视因为是流动的时间媒体又不易保存，但是这些困难在网络出现之后都被轻易地克服了。网络成为继报纸、广播、电视之后的第四媒体，而且第四媒体不仅可以作为传统媒体的传播平台，同时，还可作为独立的媒体发挥传统媒体所不具备的优势。

据有关研究,一种媒介从诞生到发展至 5 000 万用户所花费的时间,收音机用了 38 年,电视机 13 年,有线电视 10 年,互联网 5 年,而博客仅用了 3 年。2008 年中国已经成为全球网民规模最大的国家。今天,网络已经成为人们普遍使用的通讯工具(电子邮件、腾讯 QQ、MSN、网易泡泡)、传播平台(博客、播客、维客)、信息平台,与此同时,网络与传统的文化产业结合之后又催生出新的文化业态。比如漫画与计算机的结合产生了动漫业,网络与游戏的结合产生了网络游戏,电视与网络的结合出现了 IPTV,而这些无一不是通过科技创新和文化创意来完成的。这些新的文化业态由于形式新颖大大吸引了人们的参与兴趣,因此,所带来的经济效益相当可观。有关统计表明:2006 年中国网络游戏市场规模为 65.4 亿元人民币,为相关行业带来直接收入达 333.2 亿元。而就在 5 年前,中国网络游戏的市场规模仅为 3.1 亿元人民币。预计 2011 年中国网络游戏出版市场销售收入将达到 244.3 亿元人民币。

面对日益勃兴的网络文化以及由网络文化所引起的巨大变化,我们应该怎么办? 一句话:顺应时代发展,与时俱进,抓住网络现在,把握文化未来。

当前,我们对于网络及新兴媒体特点的认识还不够深入,对于发展网络文化产业的紧迫性和重要性认识还不到位。从技术创新的角度看,目前有关电脑硬件和软件的核心技术还掌握在美国人手里,由此引发的网络安全和信息安全问题尤为突出。从信息传播的角度看,目前整个互联网的信息输入、输出流量中,我国仅占 0.1% 和 0.05%,而全球 80% 以上的网上信息和 95% 以上的服务信息由美国提供。从舆论引导的角度看,我国的 150 万个网站中,主流媒体新闻网站的影响力微乎其微,甚至说大部分网络舆论话语权不在我们手中。在中国网站排名的前 60 位中,只有人民网、新华网两家"国字号"官方新闻网站排在第 36 位和 37 位。从文化交流的角度看,目前中外文化的交流是不对等的,西方大量的文化产品和文化思潮通过网络进入到我国,在某种程度对于我们原有的价值观形成挑战,特别是对青少年一代影响更大。

面对如此严峻的传播形势,我们必须要有一种危机意识、忧患意识和创新意识,抓住网络信息化的历史机遇,急起直追,占领新兴媒体,发出主流声音,引导网络文化,巩固和发展积极向上的先进文化,传播中华文化,提高中国文化的软实力。

与时俱进:以创新的精神应对网络

注重技术创新。互联网独特的文化形态,是跟互联网自身的特性紧密相连的。互联网具有其他媒介传播所不具有的优势,比如网络的无界性和多媒体性、信息的数字化和海量性、传播的互动性和延伸性,这些特性,无不是依赖于技术的推动。从 BBS 到电子邮件,从博客到播客,从 QQ 到 MSN,正是技术的不断创新推动了网络文化产品的丰富多样,可以说,技术驱动是网络文化区别其他文化的一个重要特点,技术创新是网络文化发展的必由之路。没有技术的支撑,绝大多数的网络文化的创新也难以实现。因此,我们在网络文化建设中,要下大力气研究信息技术的创新,并以此带动网络文化各项工作的健康发展。当前随着网络技术的发展,传统的新闻出版、广播影视、文化艺术等都在互联网上快速延伸,依托互联网产生的各种文化形态和文化现象也迅速兴起。互联网对文化生产与传播的影响可谓无孔不入、无处不在。特别是 Web2.0 的出现和应用,如即时通信和聊天室;博客、播客和维客,还有社会化社区网络,更是将互联网的传播优势发挥到极致。因此,技术创新成了传播方式创新的关键。

突出文化创新。一是要坚持社会主义先进文化的发展方向,唱响网上思想文化的主旋律,努力宣传科学真理、传播先进文化、倡导科学精神、塑造美好心灵、弘扬社会正气。要大力宣传社会主义核心价值观,宣传英雄模范人物,培育和谐的社会风尚,树立健康的人生观和价值观,真正让优秀的先进文化成为网络文化的主流和社会文化的主流。二是要提高网络文化产品和服务的供给能力,提高网络文化产业的规模化、专业化水平,把博大精深的中华文化作为网络文化的重要源泉,推动我国优秀文化产品的数字化、网络化,加强高品位文化信息的传播,努力形成一批具有中国气派、体现时代精神、品位高雅的网络文化品牌,推动网络文化发挥滋润心灵、陶冶情操、愉悦身心的作用。三是要加强网上思想舆论阵地建设,掌握网上舆论主导权,提高网上引导水平,形成积极向上的主流舆论。近年来,国家为了引导网络文化,专门建设了 8 家中央级重点新闻网站和 24 家地方重点新闻网站,现在能做到80%、90%的新闻都转载于重点新闻网站。另外,还有意识地培养了一支网上评论员队伍,现在网络评论员队伍已经差不多近万人。这些措施的实施对于引导正确的舆论起到十分显著的作用。

促进传播创新。加强传统媒体与新兴网络媒体的对接,创造知名品牌,更新传播手段,提高宣传效果。传统媒体如何克服自身的缺陷使其传播效益最大化,这就要借助于网络等新兴媒体的优势。比如报纸开设网络版、广播电视在网上开设音频和视频、网络电子杂志、网络出版、网络图书馆等一系列的新产品就是两者的结合。同时,传统媒体与网络结合之后,还可以做到扬长避短、优势互补,形成新的产业品牌。比如河南大河网的《焦点网谈》与《河南日报》相结合做到了报纸与网络的互动,这一栏目已经成为中国新闻的名牌栏目。在与广大网络互动和有效地引导网络舆论方面发挥了重要的作用。比如河南电视台记者曹爱文抢救落水女童的事迹之所以能够形成舆论热点是与大河网的关注和策划分不开的。2006年7月12日,大河论坛版将曹爱文为落水女孩做人工呼吸的画面放在网上后立刻引起了强烈反响,大河网编辑很快把该文发布到首页,随后《河南商报》跟进采访,国内各大网站陆续转发,曹爱文因此在2007年荣登中国妇女时代人物榜。

加大管理创新。建立比较完善的管理体制,做到依法管理、科学管理和有效管理相结合。要确立行业管理准则,信息、公安、宣传、文化等部门做到既分工,又合作。要确立谁主管谁负责,谁经营谁负责的网络管理责任制,形成在管理上的几个统筹和结合:内容管理、行业管理和安全的结合;事前审批事后监管的结合;技术封堵与舆论引导相结合;分级管理与属地管理相结合;政府管理与属地管理相结合;网上监控与网下管理相结合。面临网络文化新的特点、新的情况、新的问题,我们首先要制定完善的法律法规,在管理的过程中认真做到依法管理。同时,网络作为一种新生事物,如何提高管理的效率也是一个非常重要的问题。因此科学管理和有效管理是网络管理必须遵循的一个重要原则。要从维护广大网民的利益出发,从繁荣社会主义文化出发,从网络的安全传播出发,加快形成有序的互联网信息传播秩序,切实维护国家文化信息安全,保障广大网民的合法权益。

要 点 提 示

——云台山旅游景区迅速火爆的奥妙在于,以科学发展观为指导,把旅游经济放在县域经济发展的大盘子里来谋划、去推进,把旅游业作为支柱产业来培育。

——河南旅游资源数量多、规模大、类型齐全,特别是文化旅游资源具有得天独厚的比较优势,有利于打造出具有国际影响力的"王牌"旅游产品,把旅游产业培育和发展成我省具有竞争力的优势产业。

——河南要加快实现从经济大省向经济强省的跨越,必须向旅游产业借力,必须致力于推进旅游资源大省向旅游强省的跨越。

黄山归来看云台

——着力提升河南旅游产业

"友人说黄山归来不看岳,黄山确实美不胜收,而云台山绝不逊于黄山。友虽非诳语之人,笔者仍不以为然。"在一篇题为《云台山游记》的文章里,一位山东游客这样描述他未到云台山旅游以前的心境。然而,当他置身于云台山的怀抱时,他被这里的美景深深地震撼了,以至于"流连两天,乐不思归"。临别时,他"望着渐渐远去的云台山,想起友人黄山之喻,不禁暗笑自己的主观武断"。

虽然有着不逊于黄山的美景,但是以前的云台山却名不见经传。进入新的世纪,这里却陡然成为国内人气最旺的热点景区和客源市场遍布全国的世界级景区,接待游客人数和门票收入逐年大幅攀升,已超过全国著名景区武夷山、张家界,跻身全国前三甲。是什么成就了云台山这个中国旅游界"最大的黑马"?

抓旅游就是抓经济抓发展

云台山之所以能够露出"庐山真面目",吸引了世人那么多的眼球,很重要的一条,就是得益于所在地焦作市和修武县对发展旅游产业的高度重视和对云台山景区的精心打造。

业界人士分析道:云台山迅速崛起,不仅仅是因为其独特的旅游资源,还在于其先进的经营理念、管理以及营销手段,以及优质的服务。"大投入、大活动、创意大手笔、构建大网络"等,成为云台山景区长远发展的思路。

这话不无道理,但是并未触及其真正的奥妙所在。那么,云台山旅游景区迅速火爆的真正奥妙到底是什么呢?就是当地党委、政府按照科学发展观的要求,统筹旅游经济和县域经济发展,把发展旅游经济视为发展县域经济的助推器,把旅游经济放在县域经济发展的大盘子里来谋划、去推进,把旅游业作为支柱产业来培育。

云台山旅游景区的发展实践给人以启迪。

2005年10月13日,对河南旅游业来说,是一个具有里程碑意义的日子。这天,河南省委、省政府在郑州召开全省旅游产业发展大会,河南旅游业发展从此掀开了新的一页。

在这次大会上,省委书记徐光春发表了重要讲话。他指出,旅游业是同经济有着很高关联度的产业。"抓旅游就是抓经济、抓旅游就是抓发展。"他要求全省各级党委、政府一定要从贯彻落实科学发展观的思想高度,从实现中原崛起的战略高度,充分认识发展旅游产业的重要意义,真正树立起"抓旅游就是抓经济"、"抓旅游就是抓发展"的思想观念,努力把旅游产业培育成为河南省的重要支柱产业,助推河南跨越式发展,助推中原崛起。

旅游是现代社会文明的象征,旅游业是现代经济的重要产业。发展旅游业对河南经济社会发展具有十分重要的作用:一是可以进一步促进经济发展和社会进步。旅游业作为无烟产业、朝阳产业、先导型产业,生产成本低、资源消耗少、产出效益高。大力发展旅游产业,不仅能够较好地解决经济持续发展中遇到的资源约束问题,而且能够促进一、二、三产业互相渗透融合,在转变经济增长方式和产业结构调整中发挥独特功能,还可以使生态和文化资源全面利用起来,有效推进我省经济社会的可持续发展。二是可以进一步提高社会的文明程度。旅游业是经济发展到一定程度的产物,随着人民群众精神文化需求的日益增长,外出旅游的需求会越来越旺。同时,旅游业是社会文明和进步的标志,大力发展旅游业,能够使人们启迪心智、陶冶情操、强身健体、增长知识、了解社会,激发生活热情,提高文明素质,走向全面发展,从而推动整个社会的文明与进步。

近年来,河南把旅游产业作为全省重要的支柱产业进行扶持和培育,及时出台了促进旅游业发展的政策措施,着力为旅游业的发展营造良好环境。

在各级党委、政府的扶持、培育下,文化旅游、生态旅游、红色旅游、休闲旅游以及相关产业在河南蓬蓬勃勃地发展起来了。

成功推出《禅宗少林·音乐大典》、《大河秀典》等多个旅游演艺节目,嵩山少林、龙门石窟、云台山被命名为国家首批 5A 级景区,国际旅游小姐冠军总决赛吸引了全球目光聚焦中原……

2007 年,全省接待海内外游客 1.7 亿人次,实现旅游总收入 1 352 亿元人民币,均位居全国第 6 位、中部 6 省首位。

旅游业的快速发展,带动了旅游交通、住宿、餐饮、信息、商业、娱乐基础设施和基础产业的蓬勃发展。主要旅游景区(点)的道路交通,景区内部道路及水、电、通信和环卫等基础设施得到了较大改善。全省现有国际国内旅行社 909 家,旅游涉外、星级饭店 425 家;有 19 个城市获得"全国优秀旅游城市"称号;初步形成了功能齐全、协调配套的旅游服务体系,城市建设和旅游发展形成相互促进、良性互动的局面。

河南发展旅游产业独具优势

河南地处中原。这是一片神奇的热土。在这片神奇的热土上,曾经演绎过一出出改朝换代的历史活剧,发生过一系列影响历史进程的重大事件,造就了一代又一代的风流人物。

不到河南,就不能深刻了解中国的历史;不到河南,就不能全面感悟中国的现在。在中华文明史上,河南处于全国政治、经济、文化中心地位长达 3 000 余年,先后有 20 多个朝代、200 多位帝王建都或迁都于此,中国八大古都河南占其四,分别是殷商古都安阳、九朝古都洛阳、七朝古都开封和商都郑州。

悠久的历史给河南留下了极为丰厚的历史文化遗存。据统计,河南地下文物居全国第一,地上文物居全国第二。馆藏文物130万件,约占全国的1/8。在河南,堪称"国宝"的国家级文物保护单位有97处。河南拥有国家级历史文化名城7个。安阳殷墟被列为20世纪中国100项重大考古发现之首,洛阳龙门石窟是中国三大石窟之一,它们先后被确定为世界文化遗产。

可以这么说,走进河南,就如同走进一座浩瀚如烟的历史长廊。对于广大海内外旅游者,特别是对那些醉心探寻东方文化和华夏文明源流的旅游者来说,河南就如同一座浩瀚的天然历史博物馆,一本看得见、摸得着、进得去的中国历史文化教科书。蕴藏在这里的东方文化内涵丰富精深,风貌珍贵独特。

河南还是中国姓氏的重要发祥地,源于河南的姓氏大约有1 500多个。在中国的100个大姓氏中,有70多个姓氏的祖根都在河南。其中,有"陈林半天下,黄郑排满街"之称的海外四大姓氏均起源于河南。近些年来,随着寻根旅游的兴起,到河南寻根谒祖的海外友人络绎不绝。目前,河南已成为海内外华人寻根谒祖的圣地。

更为难得的是,河南的历史文化资源,不仅具有"古"和"多"的特点,而且具有很强的观赏性:佛教释源白马寺,佛学文化博大精深;禅宗祖庭少林寺,少林功夫名扬四海;龙门石窟,规模宏大,是世界艺术瑰宝;宋都开封,文"包"武"杨",令人敬仰。1998年建成投入使用的河南博物院,荟萃了中原文物精品,是我国鲜有的几个大型现代化国家级博物馆之一。

河南不仅拥有丰富的人文旅游资源,还有着得天独厚的自然景观,以黄河、淮河为主的水体景观,以太行山、伏牛山、桐柏—大别山为主的山体景观相映生辉。富贵飘香的洛阳牡丹、清新淡雅的开封菊花、寒冬傲雪的鄢陵腊梅更是四季绽放。整个中原大地,俨然是一幅风光旖旎的天然画卷。

所有这些,使得河南成为全国著名的旅游资源大省。提起河南的旅游资源,省委书记徐光春如数家珍:"旅游资源数量多、规模大、类型齐全,特别是文化旅游资源具有得天独厚的比较优势,有利于打造出具有国际影响力的'王牌'旅游产品,把旅游产业培育和发展成我省具有竞争力的优势产业。"

做大做强河南旅游产业

目前河南虽然是一个旅游资源大省,但还远不是一个旅游强省。全省的旅游产业结构单一,仍然是主要依靠景点和景区为主体的门票经济,而商务类、休闲类和文化、体育旅游较为欠缺;传统文化与生态环境、时代精神和时尚消费结合尚不紧密,旅游产品匮乏,文化软实力还有待于转化为旅游硬实力;旅游部门缺乏品牌意识,打造精品能力不强,营销力度不大;全省旅游整体规划还不到位,等等,所有这些,都制约着河南旅游产业做大做强。

河南要实现跨越式发展,加快中原崛起,必须向旅游产业借力。

河南要加快实现从经济大省向经济强省的跨越,客观上就要求必须致力于推进旅游资源大省向旅游强省的跨越。

做大做强河南旅游产业,首先必须扭住思想解放、提高认识这个"总开关"。思想是行动的先导,是做好各项工作的总开关。

近年来,随着全省各级党委、政府对旅游产业在经济社会发展中地位和作用认识的不断提高,重视旅游、发展旅游的氛围越来越浓,旅游产业发展不断加快,重要作用日益显现。

但是,与先进省市相比,与经济社会发展水平相比,与河南旅游资源禀赋相比,我们的旅游产业发展仍较滞后。究其根本原因,还是思想解放不够、观念更新不快、对发展旅游产业重要意义的认识不到位,没有真正把旅游产业作为重要支柱产业去培育和发展。因此,大力发展旅游产业,最紧迫的就是要进一步解放思想、更新观念。这是加快实现河南旅游产业发展新跨越的关键。

做大做强河南旅游产业,需要重点抓好旅游产业和文化产业的结合与联姻。

目前,河南尚不是旅游强省的重要原因之一,就在于缺乏"河南创意",没有很好地把旅游与文化优势结合起来。文化是旅游产业的灵魂。旅游业发展到现在这个阶段,给人的文化熏陶及精神层面的安抚,远重要于美景带来的单纯的感官享受。韩国"大长今"主题公园之所以红火,就在于很好地把韩国文化以及影视和旅游结合了起来。北京奥运会开幕式之所以这么成功,就在于把中国文化很好地融入了其中。

河南有着十分丰富、令人羡慕的文化资源。譬如,奥运开幕式上的古文字、丝绸之路、太极,可以说样样出自河南。安阳殷墟是中国文字的故乡,洛阳已被定位为"丝路起点",太极源于河南的焦作。这些文化因素一旦被植入旅游产业,势必会给河南的旅游景点"增光添彩",使之更加熠熠生辉、光彩照人。

做大做强河南旅游产业,需要加快推进河南旅游发展的转型。

"河南旅游要做的就是完成从低端到高端、从产品到创意、从国内到国际的转变。"国务院发展研究中心研究员刘峰为河南旅游产业发展支招,"河南旅游要强化规划、策划和设计意识,要想跨越式发展,尤其需要文化创意高手进行整体包装,未来我们要营造一个概念叫'河南创意'。"

河南拥有悠久的历史文化和资源禀赋。从未来发展上,我们要着力把河南打造成中国精神家园的旅游目的地,世界级国际化的旅游目的地。为此,必须加快河南旅游的发展转型,实现旅游产业由"门票经济"向"产业经济"的转变,充分发挥旅游产业的多种功能,由精品景区的打造发展到旅游城市的打造,让旅游体验多起来,让河南的旅游有看头、住头、玩头、吃头、喝头、买头、聊头、行头、说头、拜头、想头,变旅游的单一"门票经济"为多元化的综合经济。

做大做强河南旅游产业,必须使"特色"更加凸显。

特色是旅游产业的生命。只有特色鲜明的旅游才会有长久的生命力和强大的市场竞争力。一个旅游景区如果没有特色,那它就很难吸引游客,最终也就难以收获效益。在旅游需求日益多元化的今天,只有更加注重突出特色、张扬个性,才能铸就品牌、展示形象。只有彰显个性，旅游才能焕发出生命的光彩与魅力，使广大游客流连忘返。从一定程度来讲，有特色就有发展，特色是拉长景区游览链的动力，越是具有浓郁地方特色，越会受到格外的青睐。

"山河美不美，离不开导游一张嘴。"目前的河南旅游品牌还不响亮，特色还不鲜明，"有说头、没看头、少玩头"现象比较突出。因此，要从全省旅游产业发展的全局出发，大胆打破地域、行业、所有制等方面的人为界限，对旅游资源进行统一规划、有效整合、深度开发、集约经营，突出特色和优势，打造旅游精品品牌。

要赋予中原大地的各个旅游景区以鲜明的地方特色，应重点抓好四个结合。一是抓好外观与内涵的结合。不能光把景区建起来了，而忽视了人文的内容，要既见景物，又能知道景物蕴涵的历史和内涵，克服重外观、轻内涵的现象。二是抓好观赏性与参与性的结合。现代旅游要更加注重人的参与，要改变单一的观赏功能，将看、玩、吃、住、娱等内容结合起来，使景区能留得住客人，克服重观赏、轻参与的现象。三是抓好开发与营销的结合。不能一开发了之，要千方百计采取各种各样的营销手段，像推销产品一样推销旅游资源，克服重开发、轻营销的现象。四是抓好赢利与服务的结合。服务无止境，要努力提高服务质量和水平，通过为游客提供细致、周到、便捷、温馨的服务来实现赢利，克服重赢利、轻服务的现象。

做大做强河南旅游产业，还要进一步深化旅游管理体制改革。

纵横谈

改革创新是旅游产业发展的强大动力和必由之路。河南是旅游资源大省,既不缺少旅游资源和旅游产品,也不缺少市场需求,制约旅游产业发展的重要因素是体制不顺、机制不活,没有形成适应市场竞争的灵活高效的经营模式,阻碍了适应消费需求的旅游市场主体的做大做强,影响了我省旅游产业的市场竞争力。

在社会主义市场经济体制不断完善的新形势下,发展壮大旅游产业必须以改革创新为总动力,面向市场,融入市场,建立起适应市场经济要求的体制机制,在改革创新中积聚资金,在改革创新中增强活力,在改革创新中实现突破。

要以所有权、管理权和经营权分离为突破口,大力推进旅游景区企业化经营、市场化运作,催生一批符合现代企业制度的经营实体和市场主体。国有旅游企业要以产权制度改革为核心,采取股份制改造、出售、拍卖、租赁、承包、引进合作伙伴等方式,实现产权多元化。

后 记

　　本书编写工作由赖谦进、王喜成、喻新安同志主持。孔玉芳、马正跃同志审阅了全部书稿。

　　参加本书初稿起草工作的有:喻新安、南俊英、牛苏林、吴海峰、谷健全、卫绍生、王建国、闫德民、毛兵、汪振军、赵士红、田宪臣、康来云、任晓莉、薛慧卿、胜栋、郭兵、祁雪瑞、罗英豪、刘振杰、宋艳琴、完世伟、柏程豫、李建华、王运慧、郑鑫、陈明星、侯红昌等同志。

　　王喜成、喻新安、葛卫华、郑琳、徐志甫、毛兵、闫德民、卫绍生、王建国、牛苏林、王友洛、郑海艳等同志参加了书稿的讨论、修改和统稿工作。王喜成、喻新安同志对全部书稿进行了统改。

　　本书在编写过程中,省直部分单位的有关同志给予了大力支持,提出了许多宝贵的修改意见,在此表示衷心的感谢!

编　　者

2008 年 12 月